블러디 마더

• 이 책은 경기도, 경기문화재단의 지원을 받아 발간되었습니다.

안전가옥
오리지널
41

블러디 파더

김보현
장편소설

차례

블러디마더

9

2부

인터뷰: 황혼에서 새벽까지

part. 1

part. 2

에필로그

썸데이 도넛 클럽

작가의 말

프로듀서의 말

아가, 아가, 나쁜 아가, (……)

그/녀는 거인이야. (……) 나쁜 사람들을 매일 잡아먹지. 아가, 아가, 네 소리를 들으면 그/녀가 집으로 뛰어와서 고양이가 쥐를 찢어 죽이듯이 단번에 사지를 찢어 너를 죽일 거야.

너를 마구 때리고 또 때릴 거야. 곤죽이 될 때까지 때릴 거야. 그리고 너를 한 조각씩 물어뜯어서 계속 먹어 치울 거야.

-작자 미상, 마더구스

1부

블러디 머더

금
홍
—
2017

놈의 주먹에 맞아 쓰러졌을 때 내 머릿속에는 한 가지 생각밖에 없었다.

정야. 26년 3개월이 된 내 딸.

그것이 내 마지막 기억이다. 나는 코피를 쏟으며 쓰러졌고, 넘어지면서 신발장 모서리에 뒤통수를 찍혀 그대로 정신을 잃었다. 놈은 맥없이 쓰러진 내 팔을 밟고 싱크대 위에 놓여 있던 오래된 장미칼을 집었다.

정야가 비명을 질렀다. 놈은 필사적으로 저항하는 정야의 손바닥을 벴고, 이어 정신을 잃고 쓰러진 정야의 가슴을 찌르고 목을 그었다. 적어도 내 희망으로는 그렇다. 정야가 정신을 잃은 것이 먼저였기를 바란다. 정야의 몸에서 거짓말처럼 많은 피가 솟구쳤다. 정야의 피가 온 집 안을 적시고 내 몸을 붉게 물들이는 동안 나는 그 애를 생각하고, 사랑하고, 걱정했으며, 그리워했다.

그것에 모든 기력을 썼다.

내가 놈의 얼굴을 기억하지 못하는 건, 그래서였다고 믿
고 싶다.

이혼 후 명주는 달리기를 시작했다. 조금씩, 조금씩, 달리는 시간을 늘려 결국에는 30분을 연속해 달릴 수 있게 해준다는 무료 어플을 이용해서였다. 처음에는 1분 달리고 2분 걷기를 다섯 번 반복하는 것부터 시작했다. 그녀는 집에서 도보로 10분 거리에 있는 공원까지 걸어갔다가 23분간 걷고 뛰기를 반복하고 다시 걸어왔다. 그 정도만으로도 기진맥진이 되어 어떻게 집으로 돌아온 건지 기억이 나지 않았다.

다음 날 아침, 명주는 오랜만에 허기를 느끼며 일어났고 유통 기한이 3일 지난 식빵을 다섯 장이나 구워 먹고 출근했다. 점심을 먹고 나자 왼쪽 옆구리와 종아리 근육이 당겼다. 구체적인 통증에 신경을 써서인지 오후만 되면 관자놀이를 꿰뚫을 듯 그녀를 괴롭히던 이명과 두통을 느낄 수 없었다.

남편에게 처음 맞은 건 왼쪽 뺨.

정확하게는 귀와 볼 사이였다. 에어컨 수리 기사에게 남편이 아침마다 마시는 과일 주스를 내줬다는 이유에서였다. 뺨이 부어오르고 소리가 들리지 않아 택시를 타고 응급실에 갔고, 고막이 찢어졌다는 진단을 받았다. 남편은 어쩔 줄 몰라 하며 미안해했고, 다시는 그런 일이 없을 거라고 약속했지만 명주는 찢어진 고막이 회복되기도 전에 또다시 남편에게 맞았다. 거래처 미팅 중 그의 전화를 성의 없이 받았기 때문이었다.

남편은 약속대로 뺨은 때리지 않았지만 이번에는 갈비뼈에 금이 갔다. 그는 무릎을 꿇고 울면서 빌었다. 부모님의 이름을 걸고, 다시는 이런 일이 없을 거라고 자신이 믿는 신에게 맹세하는 남편을 보며 명주는 마음이 약해졌다. 심성이 악한 사람은 아니었다. 어려서부터 아버지에게 가정폭력을 당하며 자란 남편은 자신이 그토록 증오하던 아버지와 똑같은 짓을 하고 있다는 사실에 누구보다 충격을 받고 상심했다.

어쩌면 남편의 말처럼 명주가 그를 새롭게 만들 수 있을지도 몰랐다. 뭣보다 그녀는 실패를 인정하고 싶지 않았다. 이혼이 결혼만큼 흔해진 세상이었고, 이혼한 사람들을 특별히 나쁘게 생각하는 건 아니었지만 그게 자신의 일이 되는 건 싫었다.

"지금껏 너보다 더 사랑한 사람은 없어. 넌 내 인생 최고의 사랑이야."

반년 전, 남편은 눈물을 글썽이며 명주에게 프러포즈했고, 어떻게 생각해도 그건 진심이었다. 연애 1년, 결혼 생활 6개월 동안 한 번도 그 진심을 의심한 적은 없었다.

'대체 뭐가 어디서부터 잘못된 걸까.'

명주는 잠든 남편 옆에 숨죽이고 누워 답을 찾을 수 없는 질문을 늘어놓으며 잠을 이루지 못했다. 그렇게 시작된 불면증이 만성으로 눌어붙는 동안 남편에게 여자가 생겼다. 거짓말에 서툰 남편은 직장 동료와 잤다고 솔직하게 고백했다. 명주는 배신감을 느꼈고, 가슴이 찢어질 듯 아팠지만 한편으로는 심장 안쪽을 꽉 누르고 있던 뭔가가 떨어져 나간 것처럼 홀가분해졌다.

명주가 침착하게 이혼을 요구하자 남편은 정신 나간 사람처럼 울부짖다 그녀를 때리기 시작했다. 명주는 두 차례 정신을 잃었고, 세 번째로 정신을 잃기 전에 베란다 밖으로 뛰어내렸다. 목련이 그렁그렁 매달린 나무 위로 떨어진 명주는 경비원과 입주민들이 부른 구급차를 타고 병원으로 실려 갔다. 그녀의 부모님은 신혼집이 2층이었기에 망정이지 하마터면 죽을 뻔했다고 말했지만 설사 12층, 아니, 20층이었다고 해도 뛰어내릴 수밖에 없었을 것이다.

*

처음으로 5분을 연달아 달리게 되었을 때 명주는 오랜만에 아무런 꿈도 꾸지 않고 아침까지 통잠을 잤다. 누군가 쇠스랑으로 가슴 한복판을 내리친 것 같은 물리적 통증을 느끼며 깨어나서 동이 틀 때까지 이유도 모른 채 눈물로 베개를 적시다 허둥지둥 출근을 준비해야 하는 날들이 러닝의 피로와 함께 사라졌다.

점점 일상의 모든 것이 퇴근 후 밤의 달리기에 맞춰졌다. 야근 후 인적이 드문 공원을 달려야 할 땐 스턴건을 쥐고 달렸다. 다행히 한 번도 쓸 일은 생기지 않았지만 손에 쥐고 있다는 것만으로도 안심이 됐다. 달릴 때마다 뿜어져 나오는 엔도르핀은 항우울제보다 효과가 좋았다. 심장이 요동치고, 호흡이 턱까지 차오르고, 온몸이 너덜너덜해지면 아무런 생각도 할 수 없었고 명주는 점차 구체적인 몸의 고통과 아무것도 생각할 수 없음이라는 상반된 감정에 중독됐다.

그녀는 좀 더 잘 달리기 위해 군것질과 믹스 커피를 끊

었고 단백질 위주로 식사를 했으며 발목과 무릎을 보호해
준다는 고가의 러닝화와 삭스를 구입했다. 마침내 스물네
번의 코스가 끝나고 30분을 쉼 없이 달릴 수 있게 됐다.
그다음부터는 달릴 수 있을 때까지, 옷이 땀으로 흠뻑 젖
고 눈앞이 노래질 때까지 공원을 전력 질주했다. 한 바퀴
에 5km인 공원을 세 바퀴도 너끈하게 달릴 수 있게 됐을
때 명주는 문득, 딛고 서 있는 발밑이 점점 꺼지는 것 같
은 두려움과 달리는 차 앞으로 뛰어들고 싶은 절망적 충동
이 어느샌가 사라졌다는 것을 깨닫고 혼자서 조용히 울컥
했다.

위자료도, 재산 분할도 필요 없었다. 명주는 *다만* 이혼
을 원했지만 그조차 쉽지 않았다. 남편은 명주 앞에서 칼
로 손목을 그었고, 술을 먹고 명주의 엄마가 운영하는 미
용실에 찾아가 자신의 몸에 휘발유를 뿌린 뒤 라이터를 들
고 난동을 부리다 경찰에 잡혀갔다. 시부모는 그를 그렇게
만든 것이 명주라고, 하나뿐인 착한 아들이 여자를 잘못
만나 만신창이 됐다고 명주를 원망하면서도 이혼만큼은 반
대했다.
문득문득 남편과 시부모의 말처럼 자신이 빌미를 제공
했고, 그러므로 모든 것이 자신의 잘못인 것 같다는 생각

이 들었다. 눈을 딱 감고 이 상황을 받아들이고 참고 살다 보면 상황이 달라질지도 모른다는, 대책 없이 낙관적인 생각이 들 때도 있었다. 그는 단지 명주를 끔찍하게 사랑할 뿐인데 자신이 지나치게 예민해서 이 사달이 난 것만 같았다.

하지만 가끔은 목구멍에서 참을 수 없이 뜨겁고 역한 것이 울컥울컥 치밀어 올랐다. 명주는 그것을 천천히 씹어 삼키며 남편의 죽음을 상상했다. 차라리 죽어버렸으면. 영영 사라져버렸으면. 남편을 칼로 찌르고, 건물에서 밀어버리는 장면들을 상상하며 처음에는 쾌감을 느꼈고 결국에는 죄책감에 사로잡혔다. 뭔가가 잘못됐다는 생각이 들었다. 이 삶은 대단히 잘못됐다. 할 수만 있다면 모든 것을 삭제하고, 삭제하고……, 삭제하면……, 그러나 이상하게도 다시 시작하고 싶은 마음은 들지 않았다.

이혼 소송이 진행되는 동안 명주는 자신이 원하는 단한 가지를 주장하기 위해서 얼마나 치열하고 치졸해져야 되는지 뼈아프게 배워야 했다. 서로의 치부를 까발리고 바닥의 바닥까지 뒤집어엎으며 지난하게 진행되던 이혼 소송이 마침내 끝났을 때, 명주는 완전히 탈진했고, 자신의 존재 자체가 거짓말처럼 느껴졌다.

"달리기에 너무 집착하는 것 아냐?"

회사 동료들은 자꾸만 야위어가는 명주를 걱정했다. 퇴근 후 버터와 MCT 오일을 듬뿍 넣은 커피와 다크 초콜릿을 크게 두 조각 먹고 달리러 나가다가 명주는 문득 스스로도 의아해졌다. 어쩌면 동료들이 소리 낮춰 속삭이는 것처럼 이혼의 상실감과 영문 모를 죄책감을 떨쳐버리기 위해 죽도록 매달릴 일이 필요했는지도 모르겠다. 또 어쩌면 그렇게 달려야만 다음 날 아침 다시 거리로, 직장으로, 세상으로 걸어나갈 수 있다는 미신적 믿음이 생긴 것인지도 모르겠다. 이도 저도 아니고 그냥 달리는 게 좋아서, 난생처음 아무런 이유 없이 좋아하는 일이 생겨서인 것 같기도 했다.

아무에게도 이해받지 못하고 때로는 비난 섞인 걱정을 들으며 달리기를 계속하는 사이, 계절이 두 번 바뀌었다. 가만히 있어도 숨이 턱턱 막히는 무더운 여름의 휴일 밤. 공원을 세 바퀴 전력 질주하고 터덜터덜 돌아오는데 그가 보였다.

남편.

그가 명주를 찾아왔다.

큰 키. 큼지막한 이목구비. 마른 체격에 굵은 목. 윤기 있는 흑갈색 머리칼. 가로등 조명을 받고 선 그의 옆모습은 한없이 다정한 사람처럼 보였다. 명주는 멀리서도 그를 알아볼 수 있었고, 어쩌겠다는 생각을 하기도 전에 온몸이 먼저 굳었다.

돌아가. 우연히라도 마주치고 싶지 않아. 하고 싶은 말도, 듣고 싶은 이야기도 없어. 또다시 찾아오면 경찰에 신고할 거야.

달리면서 시시때때로 상상하고 연습했던 말들이 머릿속에서 마구 뒤엉켰다. 턱 밑이 가늘게 떨렸다. 명주는 흐느낌을 참기 위해 이를 악물다 흠칫 놀라 잠에서 깨어났다. 방 안이 어둑어둑했다. 혼자라는 사실을 확인한 뒤 다시 눈을 감았지만 한번 놀란 가슴은 쉽게 진정되지 않았다. 명주는 침대에서 일어나 커튼을 열었다. 하늘이 흐려 해는 보이지 않았지만 어슴푸레 날이 밝아 있었다. 그녀는 옷을 꿰어 입고 러닝화를 신고 밖으로 나갔다.

꿈속에서 남편이 서 있던 가로등 아래에는 아무도, 아무것도 없었다. 텅 빈 가로등 옆을 빠른 걸음으로 지나친 명주는 달리기 시작했다. 가로등에서 멀어질수록 뭐라 설명할 수 없는 안도감과 두려움이 번갈아 가슴을 짓눌렀다.

명주는 꿈속에서 아무런 말도 하지 못한 채 굳어만 있었던 스스로에게 실망했고, 그 엄청난 실망감을 떨쳐내기 위해 달리고 또 달렸다. 어디로 간다는 생각도 없이, 사람들을 피해서, 갈림길이 나오면 사람이 더 적은 쪽을 선택하면서 정신없이 두 발을 놀렸다.

대체 어디까지, 얼마나 달려왔는지 모르겠다는 생각을 했을 땐 미세먼지와 황사가 뒤섞인 탁한 안개 속에 혼자서 있었다. 그녀는 허리를 굽힌 채 두 손으로 무릎을 짚고 호흡을 고르면서 주변을 살폈다. 납빛 안개 속 어딘가에서 작게 퍼드득거리는 소리가 들려왔다. 명주는 핸드폰 플래시를 켜고 소리가 나는 쪽을 비추며 다가가다 비명을 삼켰다. 한쪽 눈알이 터진 작은 개 한 마리가 짖고 있었다. 개는 성대 수술을 했는지 소리를 내지 못했고, 그래서 더 필사적으로 이빨을 드러낸 채 으르렁거리고 피눈물을 흘리며 온몸으로 짖어댔다.

갑자기 시야가 일그러지면서 귀가 멍해졌다. 시간이 멈춘 것 같았다. 해가 보이지 않을 만큼 두터운 황사 안개에 뒤덮인 하늘. 소리 없이 맹렬하게 짖고 있는 개. 땀으로 흠뻑 젖은 티셔츠 위로 불어오는 불쾌하게 습하고 더운 바람……. 모든 것이 비현실적인 느낌이 들었다. 명주는 자신이 더 이상 이 세상에 존재하지 않거나, 존재하지 않는 다른 차원의 세상에 들어선 것 같았다. 그녀는 두려움을 느끼면서도 뭔가에 홀린 것처럼 울부짖는 개를 향해 한 발한 발 다가갔다.

개는 명주가 다가온다는 것을 알고 제자리에서 폴짝폴짝 뛰다가 하수구 창살 주변을 빙글빙글 돌기 시작했다. 그곳에 뭔가가 있다고, 빨리 와서 보라고 재촉하는 것만 같았다. 명주는 주위를 둘러봤다. 겁이 났다. 그 안에 *무언가 끔찍한 것이 있다*는 분명한 예감과 동시에 서늘한 공포가 날카롭게 고개를 쳐들었지만 참을 수 없는 호기심이 치밀었다. *무시해. 그냥 가. 저쪽엔 길이 없어. 뒤로 돌아서 큰길로 나가.* 머리 한쪽에서 보내는 신호를 무시하고, 명주는 플래시가 켜진 핸드폰을 꼭 쥔 채 하수구 창살 쪽으로 다가갔다. 그렇게 다가간 하수구 창살 속에는⋯⋯.

새까맣게 불에 탄 남자가 있었다.

탔다기보다는 그을렸다고 해야 할까. 입고 있던 옷이 피부에 눌어붙고 머리칼이 그을려 재가 됐지만 몸의 형태만큼은 상한 데 없이 온전히 보전되어 있었다. 좁고 네모난 하수구 속에 커다란 몸을 구겨 넣은 채 무릎을 꿇고, 고개는 바닥에 처박고, 두 손은 하늘을 향해 맞잡고 있는 남자는 마치 기도 굴에 들어가 간절히 기도를 하고 있는 독실한 신자처럼 보였다.

명주는 언젠가 티브이에서 봤던 이탈리아 어느 도시의 유적을 떠올렸다. 불시에 화산이 폭발해 생활하던 모습 그대로 화산재에 덮여버린 사람들. 새까만 잿더미 같은 남자의 모습을 보며 명주는 어째선지 남편을 떠올렸다. 가슴이 뛰었다. 그녀는 자세를 낮추고 앉아 핸드폰 플래시로 창살 안쪽을 비춰봤다. 희미하게 탄 내음이 났다. 엉성하게 맞잡은 남자의 손 아래에는 길이가 다른 나뭇가지 두 개가 떨어져 있었다.

'다잉 메시지 같은 것일까?'

바스락거리며 명주의 주변을 맴돌던 개가 핸드폰을 들고 있는 그녀의 손등을 핥았다. 명주는 그제야 난생처음 죽은 사람, 그러니까 시체를 보고 있다는 실감을 하고 헉, 하고 경련하듯 신음을 토하며 바닥을 짚고 주저앉았다.

진
선
|
2023

태석은 적당한 크기로 썰어놓은 캉파뉴와 크랜베리 치
즈 스콘을 오븐에 넣었다. 어제 저녁, 진선이 좋아하는 빵
집에서 40분을 기다려 사 온 것들이었다. 이번 주에만 두
번이나 허탕을 쳤지만 세 번째는 성공했고, 소식을 들은
진선은 아이처럼 기뻐했다. 태석은 진선의 잔에 커피를 따
랐다. *좋은 아침이야, 좋은 아침이야.* 그는 좋아하는 노래의
후렴구를 흥얼대듯 중얼거렸다.

"그래, 굿모닝."

뒤늦게 침대에서 나온 진선이 태석을 바라보며 대답했
다. 태석이 다 구워진 빵을 접시에 담고 있을 때 냉장고 위
에서 진선의 핸드폰이 진동하며 빙그르 돌았다.

"내가 줄게."

태석은 일어서려는 진선을 향해 손짓했다. 핸드폰을 집
어 든 태석은 발신 번호를 확인하고는 잠깐 망설이다 진선
에게 건넸다. 진선은 통화 버튼을 누른 뒤 긴장한 얼굴로

상대의 목소리를 기다렸다.

"여보."

전화기에서 뭔가에 짓눌린 듯한 남자의 목소리가 흘러
나왔다.

"여보, 나야."

남자가 밭은 숨을 내쉬다 속삭이듯 작게 말했다.

"네."

진선이 침착하게 대답했다. 태석은 조용히 진선의 옆으
로 가 그녀의 손을 잡았다. 진선의 차갑고 축축한 손이 태
석의 커다란 손안에서 가늘게 떨렸다. *오늘 같은 날은 정말
이지, 내 손발을 다 잘라버리고 싶어요.* 둘이 맞는 첫 겨울,
몹시도 추운 밤, 진선이 두 손을 부비며 말했다. *잡아줄게
요.* 태석은 자기도 모르게 대답했다. *내가, 잡아줄게요. 손
도 잡아주고, 발도 잡아줄게요.* 하지만 그것은 애초에 무리
한 약속이었다. 아무리 크게 팔을 뻗어도 두 손과 두 발을
한꺼번에 잡아줄 수 있는 방법은 없었다. 그래도 태석은 지
금까지 그 약속을 지키기 위해 애썼고, 진선은 그 노력을
고맙게 생각하고 있었다.

"있잖아, 여보, 내가, 있어, 지금, 범인을, 가고, 쫓아."

전화기 너머의 남자는 순서가 뒤바뀐 문장을 띄엄띄엄

말하며 울먹였다.

"네."

가만히 대답하는 진선의 얼굴이 작게 일그러졌다.

"미안해, 여보."

그것은 일종의 공포탄이었다. 태석은 팔을 뻗어 진선의 한쪽 어깨를 꽉 감싸안았다. 남자는 이제 사랑해, 사랑해, 하고 정신없이 난사할 것이다. *오늘 밤엔 집에 들어가지 못할 것 같아. 사랑해. 사실은 매일매일 그럴지도 모른다는 상상을 해. 사랑해. 그 공포를 이기게 하는 것은 여보, 당신이야. 사랑해. 우리 그냥 다 그만두고 시골에 내려가 농사나 짓고 살까. 사랑해. 아, 우리 딸, 하나밖에 없는 **우리 딸 진선이** 잘 부탁해, 여보. 사랑해…….*

전화 속의 남자, 진선의 아버지, 노철경 형사는 5년 전 사건 현장 인근 도로에서 하얗게 굳은 채 발견됐다. 등에 칼이 두 개나 꽂혀 있었지만 급격한 혈관 수축으로 별다른 출혈이 없어 셔츠가 깨끗했다. 심박수 때문이라고 했다. 심장이 너무 빨리 뛰면 자율신경계에 변화가 생겨 인체 표피층이 갑옷처럼 단단해진다는 것이 의사의 설명이었다.

"나는 그런 전화를 한 기억이 없어."

스무 시간 넘는 수술 끝에 깨어난 아버지는 자신이 아내에게 "사랑해." 폭격 전화를 했다는 사실을 강력하게 부인했다. 그래, 그럴 거라고 진선은 생각했다. 아버지는 그런 말을 할 수 있는 사람이 아니었다. 밥을 먹다가도, 잠을 자다가도 경찰서에서 전화가 오면 정신없이 뛰쳐나가는 사람. 필요할 때 언제나 곁에 없는 사람. 밥을 먹을 때 외에는 좀처럼 입을 여는 일이 없는 무뚝뚝한 남자. 진선에게 아버지는 그런 사람이었다.

일곱 살 생일, 아버지와 함께 생일 케이크에 초를 붙이고 싶은 마음에 몰래 아버지 핸드폰을 꺼냈다가 호되게 혼난 적도 있었다.

"노진선. 아버지는 형사고, 형사는 어떤 상황에서도 전화를 받아야 해."

아버지는 무서운 얼굴로 진선의 차가운 손을 잡고 두 눈을 똑바로 쳐다보며 말했다.

진선의 엄마는 석 달 전 위암으로 눈을 감을 때까지도 종종 그 전화, 폭죽처럼 터지던 아버지의 사랑 고백에 대해 이야기하곤 했다. 진선은 한 번도 제대로 사랑받지 못한 여자의 가난한 거짓말 같은 것이라고 생각했다.

엄마의 장례를 치르고 돌아오던 밤, 현관에 들어서던

아버지가 갑자기 쓰러졌다. 응급실에서 깨어나 집으로 돌아온 뒤, 아버지는 자주 진선을 기억하지 못했다. 진선에게 철천지원수처럼 버럭버럭 화를 내는가 하면 느닷없이 진선을 누나라고 부르며 울먹이기도 했다.

진선은 아버지를 치매 전문 요양 병원에 입원시켰다. 아버지 본인의 뜻이 완고했다. 그는 정신이 들 때마다 조금씩 입원 수속을 밟았다. 마침내 아버지가 병원에 입원하던 날, 진선은 내심 안도했다. 아버지와, 그것도 병든 아버지와 단둘이 지낼 상상을 하는 것만으로도 불편하고 괴로웠기 때문이다.

요양 병원에 입원한 뒤로, 아버지의 기억은 자주 '그날'로 돌아갔다. 그녀의 엄마만이 기억하고 있었던 십여 분간의 남자로. 그는 아무 때고 아무에게나 전화를 걸어 "여보."라고 시작하는 사랑 고백 폭격을 날렸고, 진선은 고민 끝에 아버지 핸드폰에서 전화번호를 모두 지운 뒤 자신의 번호만을 남겨놓았다.

"사랑해. 사랑해, 여보."

"네. 아버지, 좋은 아침……."

진선은 대답을 하다 말고 핸드폰을 귀에서 떼고 액정을 봤다. 경찰서에서 전화가 걸려 오고 있었다. 이어 문자메시지로 살인 사건 현장 지도가 수신됐다. 진선은 정신 나간 사람처럼 사랑한다는 말만을 계속하는 아버지의 전화를 끊어야 했다. 이제 그녀가 형사고, 무슨 일이 있어도 지금 이 전화를 받아야 한다는 걸, 아버지는, 아버지만큼은 이해할 테니까.

*

경기도 파정시 장두동 아파트 공사 현장 인근 하수구 창살 안에서 남성의 소사체*가 발견됐다는 신고가 접수된 것은 오전 7시 20분. 인근 지역을 순찰하던 파출소 순경들이 먼저 사건 현장에 도착해 신고 내용을 확인했고, 곧 이어 과학수사계와 강력계 형사들이 도착했다.

진선은 가파르고 구불구불한 도로 옆에 차를 세웠다. 동료들이 폴리스 라인을 치고, 현장 사진을 찍느라 분주하게 오가는 모습이 보였다. 진선은 현장을 통제하고 있는 경찰에게 신분증을 보이고 폴리스 라인 안쪽으로 들어섰다.

적절하지 못한 표현 같았지만 과학수사계 동료들이 하수구 창살을 열고 그대로 끌어올려 방수포 위에 내려놓은 사체는 기이한 예술 작품 같았다. 작품명은 '기도' 혹은 '속

* 불에 탄 시체.

죄' 정도.

"최초 목격자는?"

진선은 현장에 먼저 도착해 있던 최윤오 형사에게 물었다. 윤오는 공대 출신으로, 과학수사계 전문 요원 특채로 뽑혀 한동안 과학수사계에서 일하다 지난달 진선의 부사수로 발령받아 강력계로 왔다. 사수였던 과학수사계 경위는 윤오를 두고 "똘똘하고 성실한데 묘하게 눈치가 없는 놈"이라고 했다. 검은자위가 또렷하고 커다란 눈. 매끄럽게 찰랑거리는 곱슬머리. 오뚝한 콧날과 입꼬리가 올라간 반짝반짝한 입술. 잘생긴 청년. 진선은 그가 타인에게 쉽게 호감을 얻는다는 걸 스스로도 잘 알고 있는 남자라는 인상을 받았다. 눈치가 없다기보다 필요 이상의 눈치를 살필 일 없이 살아온 유의 인간이랄까.

"최명주라는 여성인데 러닝 중 길을 잃고 헤매다 발견했다고 합니다. 개가 짖고 있어서 뭔가 있는 것 같아 다가갔다고 해요."

"개?"

"네. 안구가 터졌는데 외상이 없는 걸 보니까 외부 충격 때문에 그런 것 같진 않고, 과수계 박 경위님 말로는 간혹 오래 짖다가 그렇게 되는 경우가 있대요. 성대 수술을 해서 소리를 못내는 데다, 여기, 시공사 문제로 공사가 중단된

지 꽤 돼서 아무도 발견하지 못했던 것 같습니다."

"피해자가 키우던 개인가?"

"그건 아닌 것 같아요."

생면부지 낯선 인간의 죽음을 알리기 위해 눈알이 터질 정도로 짖었다니. 충심도 사랑도 아니고, 연민일까? 개도 그런 걸 가질 수 있을까?

"저건 뭐지?"

진선은 사체 앞에 놓인 길이가 다른 나뭇가지 두 개를 가리켰다.

"사체 앞에 떨어져 있었습니다. 자세한 건 더 조사를 해봐야겠지만 불에 타거나 그을린 흔적이 없어서 사건과 관계없이 떨어진 것일 수도 있고요."

일단은 사체와 함께 국과수로 옮긴다고 했다. 진선은 이마를 땅에 대고 있는 사체를 자세히 살펴보기 위해 장갑을 낀 두 손을 바닥에 대고 절이라도 하는 것처럼 엎드렸다. 찡그린 듯 꼭 감은 눈. 불룩한 볼. 턱이 아래로 떨어질 만큼 입안 가득 뭔가를 물고 있었다.

"플로랄 폼이에요. 꽃집에서 꽃바구니 만들 때 안에 넣는 거요."

윤오가 진선의 옆에 쭈그리고 앉아서 말했다. 피해자의 침과 피, 고통스러운 비명과 구조 요청을 모조리 빨아들인 플로랄 폼은 벽돌처럼 단단해졌을 것이다.

"저 CCTV는 작동하는 건가?"

진선은 손을 털고 일어나 맞은편 건물 위에 설치된 카메라를 가리켰다.

"아뇨. 공사 중단되면서 먹통이 됐고, 근처에도 작동하는 게 없는 것 같아요."

"이쪽으로 들어온 차량 확보해야 하니까 상황실에 연락해서 도로 쪽 CCTV 전부 따고 근방에 주차된 차 블랙박스에 찍힌 거 없는지도 확인해 봐."

"네. 그런데요, 팀장님."

윤오가 난감한 얼굴로 진선을 바라봤다.

"뭔데. 뜸 들이지 말고 빨리 말해."

"족적이 없어요."

"그게 무슨 소리야?"

"아무리 찾아봐도 족적이 없어요. 피해자 것도, 가해자 것도."

진선의 입에서 탄성처럼 작은 한숨이 터졌다. 사람을 끌고 와 하수구에 처박아 불태워 죽이면서 족적을 남기지 않았다니. 날아오거나 순간 이동이라도 했다는 말인가? 그렇게 생각한 순간, 진선의 손발이 차가워지며 온몸에 소름이 돋았다.

"처음 가격을 당한 데는 다른 곳이야."

국과수 부검의 양기옥이 손등에 붙어 있는 캐릭터 문신 스티커를 긁으며 말했다. 기옥은 3년 전 이혼하고 혼자 아이를 키우고 있었다. 선입견이나 고정관념인지도 모르겠지만 진선은 자신보다 겨우 한 살 많은 나이에 결혼과 출산, 이혼을 모두 경험한 기옥이 나이보다 훨씬 성숙한 어른처럼 느껴졌다. 진선은 셋 중 어떤 것도 원하지 않았고 현재의 상태에 만족하고 있었다. 아직까지는. ……어쩌면 과거에는 달랐을지도 모르겠지만 어쨌거나, 지금은.

"현장에 피해자가 흘린 피는 있었지만 비산흔*은 없었어. 범구**는? 아직이지?"

"네."

진선이 대답했다.

"족적 하나 안 남긴 놈이 범구를 남겼을 리가 없지."

"……"

＊ 몸에 상처가 발생할 때 혈액이 튀어 특정 방향으로 흩뿌려진 흔적. 이를 통해 몸싸움의 흔적 등을 추측할 수 있다.

＊＊ 범행 도구.

"피해자의 왼쪽 목에 예기*에 찔린 자절창**, 오른쪽 후두하부 승모근에 교상***이 있었지만 둘 다 직접적인 사인은 아냐. 손등과 팔, 목에 방어흔이 있는 걸 봐서 불시에 공격을 당했고, 저항을 한 것 같아. 시신에 남은 증거를 기반으로 사건 발생 과정을 추측해 보면……."

기옥이 한쪽에 서 있는 마네킹 앞으로 걸어가 손으로 가격 부위를 하나씩 짚어가며 말했다.

"피해자는 날의 두께와 길이로 봤을 때 전지가위로 추정되는 예기에 왼쪽 목을 찍힌 뒤 정체불명의 짐승에게 오른쪽 승모근을 물렸고, 마지막으로 불태워졌어."

"잠깐만요. 짐승이라고요?"

놀란 진선이 기옥이 서 있는 쪽으로 다가가며 물었다.

"치아 크기와 패턴을 봤을 때 사람일 확률이 높아."

기옥이 픽 웃으며 대답했다. 하지만 불에 타면서 피부가 오그라들고 살점이 떨어져 나가 100% 단정할 수는 없었다. 책임질 수 있는 선에서 말하자는 것이 국과수 부검의로서 기옥의 첫 번째 신념이었다.

---

*   칼과 같은 날카로운 도구.

**   흉기에 의한 상처.

*** 동물에 물린 상처.

"노 팀장님, 잠은 좀 자?"

"갑자기요?"

머쓱하게 웃으며 손으로 눈을 비비고 마른세수를 하는 진선에게 기옥이 두유 한 팩을 건넸다. 기옥은 진선이 두유를 몇 모금 마실 때까지 가만히 기다렸다. 일은 일이고 삶은 삶이다. 너무 매달리지 말고 일과 삶의 거리를 유지할 것. 국과수 부검의라는 직업을 가진 직장인으로서 기옥의 두 번째 신념이었다.

"치명상을 입고 현장으로 옮겨졌고, 거기서 불에 탔어."

기옥이 피해자가 처음 발견되었을 당시 사진을 가리키며 말했다. 피부가 먼저 그을리면서 온몸이 불길에 휩싸였다. 콧속은 물론 기도에서 폐까지 검댕이 가득했고, 혈액에서도 일산화탄소가 검출됐다.

"몸에 불이 붙은 뒤에도 숨을 쉬었다는 거네요."

"응."

기옥이 집중할 때 특유의 찌푸린 얼굴로 고개를 끄덕였다. 피해자는 숨이 끊어지는 마지막 순간까지 엄청난 고통을 느꼈을 것이다.

사건 현장에 있었던 나뭇가지와 하수구 철창에는 피해자의 지문과 DNA만 잔뜩 남아 있었다. 범행에 사용된 전지가위와 플로랄 폼은 꽃집이나 화원에서 흔히 쓰는 것으로, 그것만으로 뭔가를 알아내기는 어려웠다.

"그래도 관련 업계 종사자거나 측근이니까 범구로 사용했겠죠?"

진선이 물었다. 기옥은 역시 100% 확신할 수 없다는 듯 어깨를 으쓱해 보일 뿐이었다. 진선은 사건 현장 사진들 사이에서 나뭇가지 두 개가 찍힌 사진을 찾아 기옥에게 보였다.

"이걸 다잉 메시지로 볼 수도 있을까요?"

"글쎄. 원래 하나였던 걸 피해자가 직접 둘로 쪼갰다는 것 외엔 모르겠어. 범인이 두 명이다? 한쪽은 키가 크고, 다른 한쪽은 키가 작다? 범인의 이름을 표현하려고 한 것일 수도 있고."

"……"

"그것보다 더 이상한 게 있는데."

기옥이 고개를 들어 진선과 시선을 맞췄다.

"발화점이 없어."

진선은 멍하니 기옥을 바라봤다. 한 번에 이해되지 않는 말이었다.

"온몸이 거의 동시에 불길에 휩싸였는데, 휘발유 같은 인화성 물질을 뿌린 것도 아니고 불을 붙인 흔적도 찾을 수 없었어."

"자가 발화라도 했단 거예요?"

"그런 경우엔 몸 안에서부터 불길이 발생해. 피부부터 그을린 이번 케이스와는 달라."

진선은 기옥이 뭔가 더 이야기해 주길 기다렸지만 기옥은 미간을 찌푸린 채 뭔가에 골몰해 있을 뿐 더 이상 아무 말도 하지 않았다. 범구도, 족적도, 지문도, DNA도, 피해자의 유류품도, 발화점도 없다. 진선은 이제 누가 왜 그랬는지보다 다른 것이 궁금해졌다.

범인은 대체 **어떻게** 이런 짓을 저지를 수 있었던 것일까?

윤
오
|
2023

"이 방 말이야. 어쩐지 기분 나쁘지 않아?"

진선이 반쯤은 혼자 하는 말처럼 중얼거렸다. 윤오는 대답 대신 음, 하고 작게 신음소리를 냈다. 책상과 침대, 옷장만으로도 꽉 차는 단출한 원룸. 집이 아닌 방. 윤오도 대학생 때 비슷한 크기, 비슷한 풍경의 원룸에서 생활했었다. 그래서 집다운 집을 갖고 싶다는 것이 경찰이 되면서 그가 가진 첫 번째 목표였다.

앞으로 몇 개의 목표가 더 생길지 모르겠지만 최종 목표는 정년퇴직이었다. 정년이 보장된 안정적인 월급쟁이에 은행 대출 심사에 유리한 공무원이라는 점 때문에 경찰을 택한 공돌이. 엄청난 사명감을 가지고 경찰이 된 동료들의 눈에는 한심하게 보일지도 모르겠지만 따박따박 월급을 받아 적당한 때 승진하고, 무사 무탈하게 정년을 맞는 것. 그것이 그가 경찰로서 가진 사명감이었고, 직업윤리였다.

강력반에 지원한 것도 고과 점수를 높여 조금 더 자유

롭고 몸이 편한 보안과로 옮기기 위해서였다. 그 때문에 윤오는 '어쩐지'나 '왠지'로 시작되는, 형사들의 '감'이라는 게 어떤 건지 알 수 없었고 솔직히 말하면 알고 싶은 생각도 없었다.

진선이 덧신을 신고 장갑을 끼면서 안으로 들어섰다. 윤오는 앞 사람과 똑같이 하라는 지시를 받은 다음 주자처럼 덧신을 신고 장갑을 끼면서 진선의 뒤를 따라 안으로 들어섰다.

이 집, 아니 이 방 주인의 이름은 김종구.

지난 7월 15일, 공사장 하수구 창살 안에서 소사체로 발견된 피해자다. 스물여덟의 취업 준비생이었던 김종구는 7월 12일, 편의점 아르바이트를 마치고 집으로 돌아오던 길에 연락이 두절됐다. 사망 추정 시간은 실종 다음 날인 7월 13일 오전 2시에서 6시 사이. 목격자나 버려진 범구 등 단서를 찾기 위해 공사장 일대를 탐문하고 수색한 지 사흘째. 아무런 소득도 없다.

김종구의 고향은 구미로, 그는 졸업 후에도 대학 입학 때 부모님이 얻어준 원룸에서 혼자 생활하고 있었다. 60대 집주인 부부는 젊은 세입자의 죽음을 안타까워하면서도 김종구가 집이 아닌 다른 곳에서 살해됐다는 것에 안도했고, 그럼에도 건물에 경찰이 들락거리는 것을 탐탁지 않게 생각했다. 총 17세대 중 꼭대기 층을 전부 쓰고 있는 집주인과 3층 1호를 쓰고 있는 김종구 본인을 제외한 나머지 15세대의 이웃들은 그가 누군지도 모르거나 안면이 있더라도 특별히 교류를 하고 지낸 사람은 없었다.

윤오는 방 한가운데 잠시 우두커니 서 있다가 책꽂이에서 책을 하나씩 꺼내봤다. 취업을 위해 사들인 책들뿐 특별한 취향을 읽을 수는 없었다. 아르바이트를 하며 취업을 준비하는 학생이 살 수 있는 책은 '살 수밖에' 없는 책들이었을 것이다. 매일같이 도서관에 다녔으니 굳이 읽고 싶은 책이 있었다면 도서관에서 빌려 봤겠지. 잔혹한 살해 수법, 증거를 하나도 남기지 않은 치밀함 등을 근거로 원한에 의한 계획 살인으로 의견이 모아졌으나 특별한 범행 동기를 찾기 어려웠다.

김종구는 서울의 사립대학을 졸업한 뒤 낮에는 공공도서관 열람실에서 공부를 하고 저녁에는 편의점에서 아르바이트를 하며 은행 취업을 준비하던 평범하고 지루한 취업 준비생이었다. 가족을 비롯한 가까운 지인들은 하나같이 그가 성실하고 마음이 여린 사람이었다고 말했다. 그들은 모두 납득, 증명 가능한 알리바이가 있거나 다른 방식으로 혐의를 벗으며 용의선상에서 제외됐다.

진선은 윤오와 팀원들에게 탐문의 범위를 넓히고, CCTV를 확인해 김종구가 편의점에서 아르바이트를 마치고 나온 뒤 살해 장소에서 발견되기까지의 타임라인을 만들라고 지시했다. 김종구가 아르바이트를 하던 편의점에서 사체 발견 장소인 공사장까지의 거리는 약 10km. 아르바이트가 끝나고 집으로 가던 그가 CCTV가 없는 골목길로 들어선 뒤부터 약 8km의 행적이 묘연했다. 핸드폰 신호가 마지막으로 잡힌 곳을 중심으로 반경 5km까지 수색이 진행 중이지만 아직까지 그의 노트북과 태블릿 피씨, 핸드폰, 지갑 등 유류품이 들어 있을 백팩은 발견되지 않았다.

창가에 놓인 책상에는 작은 탁상 달력이 있었다. 간간이 메모가 보였지만 면접이나 스터디, 채용 일정 등 모두 취업과 관련된 것들뿐이었다. 대부분의 또래 남자들과 마찬가지로 일기 같은 걸 쓰는 성격도 아닌 것 같았다.

김종구가 대학 재학 중 사용하던 SNS는 취업 준비 때문인지 모두 계정을 닫아놓거나 탈퇴한 상태였다. 통신 기록 조회 내역에도 특별히 이상한 점은 없었다. 가족과 취업 스터디 멤버 외에 따로 연락을 하는 사람은 얼마전 헤어진 여자 친구 배경신이 유일했다.

김종구와 취업 스터디에서 처음 만나 반년 정도 교제하다 헤어졌다는 그녀는 A은행 본점에서 행원으로 근무하고

있었다. 이틀 전, 국과수에 들어간 진선 대신 윤오가 혼자
배경신을 만나 면담했다.

"진짜 죽었어요?"

근무 중이라 잠깐밖에 시간을 낼 수 없다며 초조한 얼
굴로 은행 앞으로 나온 배경신이 가장 먼저 물은 것은 김
종구의 죽음이 사실인지 여부였다. 그녀는 한탄과도 같은
묘한 숨을 길게 토해내더니 김종구가 정말 죽은 게 맞는지
재차 확인하고는 울먹였다. 그녀는 한동안 동요를 감추지
못한 모습으로 마른세수를 했다. 윤오는 경신이 감정을 추
스르기를 기다렸다가 김종구와 통화로 무슨 이야기를 했는
지 물었다.

"확인해 보셨으면 아시겠지만 전화는 매번 일방적으로
그쪽에서 걸었고, 저는 받아줬을 뿐이에요."

배경신은 시선을 떨군 채 떨리는 목소리로 대답했다. 사
건 당일에도 짧게 통화한 내역이 있었지만 특별한 용건은
없었다고 했다. 그녀는 김종구의 사망 추정일부터 사체가
발견된 날까지 하루도 빠짐없이 직장에서 야근을 했고, 필
요하면 출퇴근 기록을 확인해 줄 수 있다고 했다.

"뭐 좀 나온 거 있어?"

통화를 하러 잠시 밖으로 나갔던 진선이 다시 안으로

들어오며 물었다.

"아뇨."

"배경신 말이야. 김종구를 스토킹으로 신고했던 거 알고 있었어?"

질문처럼 말했지만 질책이었다. 윤오는 뭐라 둘러댈 말을 생각하다 솔직하게 "몰랐다."고 대답했다.

"훈방 조치만 돼서 전과 기록 조회했을 땐 안 나왔던 것 같아. 배경신 만났을 때 별말 없었어?"

윤오는 기억을 더듬어봤다. 키 160cm도 안 되는 작고 가냘픈 체구. 화장기 없이 창백한 배경신의 얼굴이 떠올랐다.

특별한 용건이 없었다면 무슨 내용으로 통화를 했는지, 평소와 달리 이상한 점 같은 것은 없었는지 물었을 때 배경신은 처음으로 윤오를 똑바로 쳐다봤고 뭔가 중요한 이야기를 할 것처럼 입술을 몇 번 달싹였다. 그러다 문득 뭔가를 깨달은 듯한 표정이 스쳐 지나가더니 입을 꾹 다물었다.

좀 더 추궁했어야 했을까?

진선이 뭔가 찾는 것이 있는 듯 방 안을 두리번거렸다.

"뭐 찾으세요?"

윤오가 물었다. 진선은 시선을 돌리다 벽에 붙은 콘센트 구멍을 빤히 쳐다보더니 주머니에서 드라이버를 꺼내 콘센트 뚜껑을 열고 작은 카메라 하나를 끄집어냈다.

"그게 뭐예요?"

"불법 촬영 카메라 탐지 필름 있지?"

"네."

윤오가 지갑에서 카드형 탐지 필름을 꺼내 진선에게 건넸다. 진선은 탐지 필름으로 핸드폰 렌즈를 덮고 카메라로 방 안을 훑었다. 침대 맞은편의 콘센트 구멍, 천장에 붙은 전등, 침대 옆 협탁의 모서리에서 총 세 개의 카메라가 더 발견됐다.

"동영상을 가지고 배경신을 협박했던 것 같아."

진선은 주머니에서 지퍼 팩을 꺼내 몰카를 담았다. 윤오는 저도 모르게 낮게 욕을 지껄였다.

"정말 죽었어요?"

다짜고짜 묻고 나서 배경신의 얼굴에 드리워졌던 복잡한 표정이 왜 그렇게 잔상처럼 남았는지 이제야 알 것 같았다.

진선은 일시 정지 버튼이라도 눌린 것처럼 표정과 움직임이 굳은 채 서 있었다. 작은 방에 기분 나쁜 정적이 감돌았다. 윤오는 진선은 무슨 생각을 하고 있을지 궁금했다.

'왠지'와 '어쩐지'로 시작되는 또 다른 감을 곱씹어보고 있
는 걸까? 본능적으로 뭔가를 알아냈더라도 구체적으로 그
것이 무엇인지까지는 이끌어내지 못한 것 같았다.

　그때, 갑자기 먼 곳에서 우르르 쾅, 뭔가가 하늘을 내리
친 것 같은 천둥소리가 들렸다. 윤오와 진선은 놀란 얼굴로
서로를 봤다가 창밖을 쳐다봤다. 청명했던 하늘에 무거운
먹구름이 겹겹이 드리워져 있었다.

　"일단 서로 들어가서 얘기하자."

　진선이 말했을 때, 창밖으로 시꺼먼 것이 뚝 떨어지더
니 윤오의 차에서 경보음이 울렸다. 윤오와 진선은 창가로
다가가 창문 밖을 내려다봤다. 윤오의 차 앞 유리에 까만
백팩이 떨어져 있었다. 두 사람은 누가 먼저랄 것도 없이
문을 열고 달려 나갔다.

*

　진선은 옥상으로, 윤오는 건물 앞의 차 쪽으로 뛰었다.
추락하면서 터진 백팩 안에서 내용물이 튀어나와 차 앞 유
리와 주변에 파편처럼 흩어져 있었다. 토익 책에 네임 펜으
로 커다랗게 적어놓은 김종구의 이름이 보였다.

범인.

이유는 모르겠지만 김종구를 살해한 범인이 건물 옥상
에서 윤오의 차를 향해 백팩을 집어 던진 것이다. 윤오는
경보음을 끈 뒤 고개를 들어 옥상을 봤다. 진선이 놓쳤다
는 듯 두 손을 들어 올리며 맥없이 아래를 내려다보고 있
었다.

윤오는 혹시 범인이 아래로 내려왔거나 내려오는 중은
아닌지 살펴봤지만 아무것도 보이지 않았다. 그는 다급히
아크릴 장갑을 끼고 여기저기 흩어진 김종구의 물건들을
다시 백팩에 쑤셔 넣었다. 액정이 깨진 핸드폰을 집어 들었
을 때 진선이 옥상에서 내려왔다.

"4층, 5층 전부 비었고 옥상엔 아무것도 없어."

진선이 황당한 얼굴로 위쪽을 올려다봤다. 범인은 마치
보란 듯이 피해자의 가방을 담당 형사의 차 위로 집어던지
고 사라졌다. 진전이 없는 수사가 답답해서였을까? 기다리
기 무료하다고, 장난을 걸어오는 걸까?

대체 어떤 놈이, 대체 어떤 놈이기에…….

우르릉 쾅, 하늘이 또 한 번 굉음을 쏟아내더니 한층
더 어두워졌다. 후둑후둑 쏟아지는 비를 맞으며 윤오와 진
선은 차에 올라탔다.

경신
|
2023

'왠지 미움을 받고 있는 것 같다는 생각이 드는 계절이다.'

경신은 노랗게 곪은 여름 한낮의 태양을 올려다보며 생각했다. 벌 받는 것 같은 뙤약볕. 아무리 뒤척여도 잠이 오지 않는 밤. 음식은 자꾸 상하고, 시도 때도 없이 소나기가 쏟아지는가 하면, 매미들은 밤이고 낮이고 집요하게 울어댄다.

그녀는 경찰서 앞에 서서 신경정신과에서 필요시 약으로 처방받은 자나팜 한 알을 혀 위에 올린 뒤 녹여 먹었다. 먹은 게 없어 신물이 올라오고 위장을 콕콕 찌르는 것 같은 통증이 밀려왔다. *긴장할 것 없어.* 경신은 스스로를 다독였다. 그녀는 아무것도 잘못하지 않았다. 처음부터 끝까지. 단 하나도. 티끌만큼도. 경신은 수도 없이 질문하고, 다짐하고, 확신했던 사실을 다시 한번 확인했다.

*

　김종구와는 지난해, 취업 스터디에서 처음 만났다. 석 달 즈음 지났을 때 같이 스터디를 하고 지하철역까지 그녀를 배웅해 주겠다고 따라온 김종구는 머뭇거리면서도 대담하고 심플하게 말했다.

　좋아한다고, 사귀어보지 않겠느냐고.

　취업 준비 기간이란 문자로, 이메일로, 전화로 수도 없이 거절을 당하는 시기였다. 마음이 흔들렸던 건 그래서였을까. 아니다. 상황이 이 지경이 됐다고 애써 빗금을 그을 필요는 없다. 그에게 고백을 받았을 때, 경신은 명치끝이 찌릿할 만큼 설렜다.

　김종구는 평범한 키에, 평범한 외모, 평범한 말주변을 가지고 있었고, 그래서 자주 그녀의 눈에 띄었다. 특별한 무언가보다는 그저 평범한 사람이 되고 싶었고, 그조차도 버겁다고 느끼고 있을 때였다.

　"응?"

　긴장과 조바심이 뒤섞인 얼굴로 되묻는 김종구를 향해 경신은 작게 고개를 끄덕였고, '그날부터 1일.' 두 사람은 사귀기 시작했다.

　일주일에 한 번 스터디가 끝나면 적당한 분식으로 배를

채우고 그의 자취방에서 허겁지겁 섹스를 한 뒤 어색하게 몇 마디를 나누다 헤어지는 것이 그들의 데이트였다. 만나면 만날수록 그와 점점 더 멀어지는 기분이 들었다. 경신은 그가 싫지 않았지만 이 남자뿐이라는 생각은 들지 않았고, 그건 김종구도 마찬가지일 거라고 생각했다.

계절이 바뀌었을 때 경신은 김종구에게 그만 헤어지자고 말했다. 그가 좋아할 거라고, 어쩌면 예의상 어리둥절한 표정을 지으면서도 내심 엄청난 안도감을 느끼며 동의할 거라고 생각했는데 그는 가슴에 칼이라도 맞은 것 같은 얼굴로 경신을 쳐다봤다.

경신이 잘못했다고 그 앞에 무릎을 꿇고 빌기까지는 한 시간도 채 걸리지 않았다. 김종구는 자취방 곳곳에 그녀 모르게 카메라를 설치하고 영상을 녹화해 백업해 두었다는 걸 알렸다. 헤어지자는 말을 번복하기만 하면 아무 일도 벌어지지 않을 거라던 그의 협박은 점점 더 악의적이고 폭력적으로 변했다.

영상을 지우고 더 이상 그런 것으로 협박하지 말아달라고 부탁했지만 그는 경신이 자신의 '여자 친구'인 한 걱정할 필요가 없다는 말로 눙치기만 했다. 얼마 후 경신이 먼저 취업에 성공해 스터디를 떠나게 됐다. 김종구는 당연한 것처럼 돈을 요구했고, 경신은 어디에 쓸 건지, 왜 필요한

지, 언제 갚을 것인지 하나도 묻지 못하고 그가 요구할 때마다 그만큼의 현금을 건넸다. 혹시라도 김종구가 돈 때문에 영상을 다른 용도로 사용할까 봐 두려웠기 때문이다.

누군가 비슷한 일을 겪었다는 이야기를 들을 때마다 경신은 막연히 자신은 좀 더 똑똑하고 현명하게 대처할 수 있을 거라고 생각했다. 하지만 모든 것이 믿고 싶지 않을 만큼 최악, 더 최악일 뿐이었다.

경신은 김종구의 비위를 맞춰주면 그가 생각을 고쳐먹을 거라고, 자신이 그렇게 만들 수 있다고 생각했다. 갑작스러운 이별 통보에 자존심을 다쳤기 때문에 이성을 잃었을 뿐, 진심은 아닐 거라는 안이한 희망을 버릴 수 없었다. 어쩌면 그가 아직 취업을 못 했기 때문이라는 생각이 들 때도 있었다. 취업을 하고 마음의 여유가 생기면 분명 잘못을 깨닫고 사과할 것만 같았다. 하지만 점점 그런 일은 절대 일어나지 않을 것이라는 사실이 분명해졌다.

경신은 길을 걷다가도, 일을 하다가도 문득문득 멍해졌다. 어딘가에 갇혀 있기라도 한 것처럼 현실 감각이 완전히 갈피를 잃은 지 오래였다. 사소한 시선에도 신경이 곤두섰다. 혹시 어딘가에서 날 본 것 아닐까. 김종구가 약속을 어기고 영상이나 캡처한 사진 따위를 온라인에 올렸을지도 몰랐다. 친구들과 주고받은 메시지가 그 친구와 지인들을 통해 전달되고 있을 가능성도 있었다.

별거 아니라고, 그녀의 인생에 수없이 벌어진 엿 같은 일들 중 하나일 뿐이라는 생각이 들 때도 있었다. 김종구보다는 가정 폭력을 일삼던 아버지와 그 아버지를 피해 어린 그녀를 두고 집을 나간 어머니가 그녀의 인생을 더 망쳐버린 것 같다는 생각이 들기도 했다. 하지만 무엇이 더 엿 같은 일인지 따지는 게 무슨 의미가 있단 말인가.

불행이 나쁘기만 한 것은 아니다. 어떤 불행은 누군가를 좀 더 나은 사람으로 만들어주기도 한다. 머리로는 알고 있지만 내면화하지 못했던 것들을 일깨워주고, 사소한 일상의 행복을 깨닫게 해주기도 한다. 불행과 고통 속에서 한 줄기 희망을 발견하는 것이 성숙한 사람들의 특성이라고 말하기도 했다. 그러나 경신은 모든 것이 가혹하고 부당하게만 느껴졌다. 불행은 불행이고, 고통은 고통일 뿐이었다. 그것은 경신의 영혼을 좀먹고 신경의 마디마디를 끊어버렸다.

경신이 김종구의 전화를 피할 때마다 곁에 있던 사람들은 경신에게 남자가 너무 좋아해서 그런 것이니 그만 튕기고 받아주라고 했다. 좋을 때라거나 좋겠다고 탄성을 터뜨리는 사람들 앞에선 도대체 어떤 표정을 지어야 할지 알 수 없었다. 그녀는 자신이 정체불명의 생명체라도 된 것 같았다.

"하루에도 전화가 수십 통, 많게는 100통도 넘게 걸려와요."

한 달 전, 경신은 고민 끝에 경찰서에 찾아갔고, 경찰에게 핸드폰을 내밀며 빨갛게 부재중 통화로 남아 있는 기록들을 보여줬다.

"안 받았으면 된 거 아니에요?"

"받으면요? 받았다가 무슨 일이라도 당하면요?"

"무슨 일이요?"

"……협박을 받고 있어요. 그 사람이 제…… 동영상을 가지고 있다고요."

경찰이 그녀를 힐끗 훑어봤다.

"금전적인 협박을 받았다는 겁니까?"

"돈을 빌려주긴 했는데……."

경신은 김종구가 직접적으로 영상을 대가로 돈을 요구한 적은 한 번도 없다는 사실을 깨달았다. 그에게 매번 현금으로 돈을 줬기 때문에 돈을 줬다는 사실을 증명할 길도 없었다.

"그러니까 동영상을 가지고 있다는 말만 했다는 뜻인가요?"

"네."

"그게 사실인지 아닌지 확인도 안 하셨고, 실제로 아무 일도 안 했고요."

한 번도 직접 확인하지 않았지만 영상에 녹화된 그녀의 모습은 상상 속에서 이미 기괴해질 대로 기괴해져 있었다.

"왜 그런 일을 당했다고 생각하세요?"

경신은 질문을 이해할 수 없어 멍해진 얼굴로 경찰을 쳐다봤다.

"한번 생각해 보시라고요. 연애하는 여자들이 다 선생님 같은 일을 당하는 건 아니잖아요."

"……."

결국 경신이 할 수 있는 건 집요하게 전화를 걸어오는 김종구를 '일단' 스토킹으로 신고하는 것뿐이었다.

경찰에 불려 온 김종구는 혐의 자체를 부인하지는 않았지만 자신의 행동을 '스토킹'으로 기술하는 것, 자신 같은 남자가 그런 일로 처벌을 받아야 한다는 사실을 받아들일 수 없다고 말했다. 그는 동영상 이야기는 화가 나서 한 말일 뿐, 실제로 그런 것은 존재하지 않으며 빌린 돈을 갚기 위해 착실하게 취업 준비를 하면서 아르바이트도 열심히 하고 있다고 호소했고, 결국 훈방 조치로 끝났다.

"정말 그런 거 찍지 않았어?"

경찰서에서 나와서, 경신이 덜덜 떨리는 목소리로 그에게 물었다.

"내가 약속한다고 했잖아, 자기야."

김종구가 나직이 클클거리며 손가락으로 땀과 눈물로 뒤범벅이 된 경신의 뺨을 닦고 머리칼을 매만졌다. 그의 손길이 닿을 때마다 경신의 몸속에서 뭔가가 툭툭 끊어졌다. 쇠사슬에 몸이 칭칭 감긴 것처럼 꼼짝도 할 수 없었다. 경신은 그 순간, 이렇게 완벽히 무력하게 굴복한 모습이 그에게 그 어떤 때보다 매력적으로 보인다는 것을 알고 있었지만 작게 몸서리치는 것조차 할 수 없었다.

경신은 자신이 너무 바보 같았다고, 그러니 제발 용서해 달라고, 누구에겐지 모를 반성과 읍소를 일삼다 목에 전선을 감고 베란다 아래로 뛰어내리는 상상을 했다. 전선에 목이 감겨 질식하든지, 전선이 끊어지면 추락사할 것이다. 고를 수 있다면 전자였다. 누군가 집으로 돌아오다가 목을 매달고 죽은 그녀를 발견하는 것이다. 아니다, 후자였다. 경신은 이 세상에 한 사람의 일생을 완전히 폭파시킬 만큼 끔찍한 고통이 있다는 사실을 모든 사람이 알게 되기를 바랐고, 동시에 영영 아무도 모르기를 바랐다.

죽어서 해결된다면 차라리 쉬운 문제였다. 경신은 김종

구가 그녀의 죽음을 어떻게 소비할지 알 수 없었고, 그래서 함부로 죽을 수도 없었다. 어떻게든 끝까지 버틸 거라고 다짐하고, 다짐하고, 다짐하고, 그 사실을 확인하면 울적한 안도감에 목이 멨다.

＊

진선과 윤오는 김종구의 백팩에서 발견된 핸드폰 비밀 폴더에 백업되어 있는 동영상을 발견했다. 참고인 조사 명목으로 불려 나온 경신은 이번에도 김종구의 죽음이 사실인지 먼저 확인했다.

"김종구에게 동영상으로 협박당하고 있었다는 사실을 아는 사람이 또 있습니까?"

진선이 단도직입적으로 물었다.

"아뇨."

"부모님이나 친구들한테도 말하지 않았나요?"

경신이 잠시 뜸을 들인 뒤 대답했다.

"네."

진선의 미간 주름이 깊어졌다. 김종구의 주변인들 중에 그를 살해할 동기가 있는 사람은 경신이 유일했다. 핸드폰에서 동영상을 확인하지 못했다면 영영 알지 못했을지도 모른다. 진선은 모든 사람에게 유약하고 친절한 사람이 어떻게 한 사람에게만 지독하고 잔혹하게 굴 수 있었는지, 그의 본모습은 어느 쪽에 가까운지 알 수 없었다.

"그런데……."

경신이 머뭇머뭇 침묵을 깼다.

"꿈을 꿨어요."

그녀의 입에서 뜻밖의 말이 튀어나왔다.

"꿈이요?"

진선은 침착하게 경신의 시선을 받아넘겼다. 경신은 긴장한 얼굴로 이런 이야기를 해도 되는지 재보는 것처럼 진선과 윤오를 번갈아 쳐다봤다.

"제가 병원에 다녀요. 신경정신과요."

처방받은 약을 먹으면 늦어도 한 시간 안에는 정신을 잃듯 잠이 들었고, 아침이 올 때까지 한 번도 깨지 못했다. 꿈을 꿔도 대체로 구체적인 내용은 기억하지 못했다. 불쾌하고 피곤한 기분만이 잔여물처럼 남아 있을 뿐이었다. 그런데 경신은 얼마 전부터 똑같은 꿈을 꿨다. 울고 있는 그녀의 머리맡에 누군가 와서 앉는 꿈. 대체 왜 그렇게 우는 것이냐 묻는, 울림이 크고 파장이 넓은 목소리. 낡은 철봉의 가장자리에서 나는 것 같은 차갑고 비릿한 냄새……. 얼굴이 어둠에 잠겨 있었지만 경신은 우주처럼 까만 두 눈이 그녀를 바라보고 있다는 걸 알 수 있었다.

경신은 약과 잠에 취해 반쯤은 몽롱한 상태로 누구에게도, 가까운 친구나 신경정신과 의사에게도 털어놓지 못했던 이야기를 줄줄 쏟아놓았다. 너무 끔찍해서 오히려 터무니없게 느껴지는 이야기들.

"그 사람이 교통사고라도 당했으면 좋겠다고 말했어요."

"……."

"천재지변이라도 상관없고요."

아니, 그렇게 간단한 방법으로는 충분치 않았다. 경신은 길을 걸으며, 일을 하다가, 화장실에 우두커니 앉아 있을 때마다 허공에 대고 퍼부었던 온갖 험악한 저주의 말들을 꿈속에서 자신의 곁에 웅크리고 앉아 있는 사람에게 털어놓았다.

"그러니까 꿈속에서 만난 사람한테 이야기를 하셨다는 거죠?"

"네."

경신의 볼에 적막한 미소가 번졌다. 그녀는 고개를 숙인 채 이야기를 계속했다. 매일 밤, 자신의 머리맡에 나타났던 사람에 대해서. 그 사람에게 털어놓았던 죽고 싶고, 죽이고 싶은 욕망에 대해서. 시선은 자신의 두 손을 향해 있었다. 뭔가 소중한 것을 감싸듯 두 손으로 종이컵을 쥔 채였다.

"그 사람이 누군지는 모르고요?"

"네."

그에게 이름을 붙이고 싶다는 생각을 한 적도 있지만 이내 그만뒀다. 뭐든 상관없지만 어떤 것도 적합하지 않을 것 같았기 때문이다. 김종구가 죽었다는 연락을 받았을 때 경신은 그가 누구였든 이제 다시는 오지 않을 것이라는 것을 알 수 있었다.

"정말 다시 나타나지 않았나요?"

진선이 물었다.

"네."

진선은 잠시 경신을 바라보았다. 경신의 얼굴에는 표정이 없었지만 그 무딘 가면 아래에서 감정이 격렬하게 출렁이는 것을 느낄 수 있었다. 매일 밤 경신을 찾아왔던 밤손님은 그녀가 만들어낸 허상이나 염원의 실체일 것이다. 벼랑 끝에 내몰린 자가 붙잡고 싶었던 지푸라기 같은 신기루.

"핸드폰 데이터는 조사가 끝난 뒤 영구 삭제될 겁니다. 유출된 정황도 보이지 않고요. 더 이상 걱정하지 않으셔도 됩니다."

"……."

경신은 아무것도 듣지 못한 것처럼 움직이지 않고 가만

히 앉아 있었다. 김종구가 죽어서 슬프진 않았다. 하지만 기쁘지도 않았다. 다만 일어나야 할 일이 일어났다고 생각했다. **마침내.** 그렇게 생각하자 눈물이 날 것처럼 목이 멨다. 시야가 흐려지면서 눈앞에 있는 형사들의 모습이 희미하게 보였다. 세상이 잠시 멈췄고, 그래서 무슨 말이든 지껄여도 될 것 같았다. 하지만 경신은 이미 마음먹은 것보다 많은 이야기를 했다는 사실을 깨달았다. 그녀는 손등으로 두 눈을 눌렀다.

"이제 됐습니다. 돌아가셔도 좋습니다."

진선이 잠시 뜸을 들였다가 입을 열었다. 경신은 형사들과 거의 동시에 자리에서 일어났다. 잠시 세상이 기우뚱했다. 경신은 숨을 고른 뒤 허리를 굽혀 바닥에 내려놓았던 가방을 집어 들었다.

*

"팀장님, 저 말을 믿으세요?"

윤오가 물었다.

"그러니까, 꿈에서 누군가에게 살인 청부를 했다는 거잖아요. 그게 꿈이 아니라 사실이라면요?"

"살인 청부를 받은 놈이 피해자 유류품을 담당 형사

차에 내던져?"

"그건······."

윤오는 설명할 말을 찾을 수 없었다. 진선은 윤오에게 김종구의 핸드폰과 노트북을 샅샅이 조사하고, 주변인들을 재탐문해 원한을 가질 만한 사람이 더 있는지 조사해 보라고 지시했다. *쓰레기. 인간쓰레기.* 진선은 아까부터 연신 뇌리를 스치는 단어를 조용히 읊조렸다. 살인 청부? 이건 그럴듯 간단한 사건이 아니다. 배경신과 불법 촬영 동영상은 거대하고 어둡고 음침한 숲으로 난 길의 입구를 간신히 찾은 것뿐이다. 정신을 똑바로 차리지 않으면 엉뚱한 데서 헤매게 될 것이다. 진선은 시체처럼 차가워진 손을 맞잡아 쥐었다 폈다 하며 자꾸만 아득해지는 정신을 모으려 애썼다.

*

경신은 경찰서에서 터덜터덜 걸어 나왔다. 충분히 멀어졌다는 것을 확인한 그녀는 눈을 질끈 감았다. 반짝이는 눈물방울이 속눈썹 사이로 삐져나왔다. 여러 가지 감정이 가슴에 움텄다. 도무지 끝이 보이지 않았던 일이 끝났다는 안도감과 앞으로 김종구가 삭제된 채 살아갈 날들에 대한 기대감. 어쩌면 삶의 자질구레하고 구질구질한 일들에 권태를 느끼는 **평범한** 인생을 살 수 있을지도 모른다는 희망. 어느샌가 잃어버렸고 영영 다시 찾을 수 없을 것 같았던 감정들이 그녀의 온몸을 격렬하게 뒤흔들었다.

금
홍
—
2017

    머리가 으깨지는 것 같은 통증을 느끼며 깨어났다. 뭔가가 내 머리를 파먹고 있는 것 같았다. 손을 들어 머리를 만져보고 싶었지만 꼼짝도 할 수 없었다. 점점 더 많은 곳이 아파 왔다. 내가 누구인지, 어디에 있는 건지 알 수 없었다. 이 끔찍한 고통을 끝낼 수만 있다면 누구라도 상관없었고 어디에라도 갈 수 있을 것 같았다. 눈이 시려 뜰 수 없었지만 눈꺼풀 바깥으로 빛을 느낄 수 있었다. 어디선가 비릿한 내음이 섞인 바람이 불어왔다. 바닷가 근처인 것일까. 아니다. 그런 종류의 비릿함이 아니라…….

    피 냄새였다.

    피.

    엄청나게 많은 피.

    방바닥에 흥건하게 고인 피의 웅덩이…….

끔찍한 장면들이 빠르고 날카롭게 의식의 표면을 할퀴며 지나갔다. 뭔가가 더 떠오를 듯하다 와르르 무너지면서 관자놀이를 칼로 쑤시는 것 같은 통증이 밀려들어 왔다. 나는 도와달라고, 살려달라고, 뭔지 모르겠지만 내가 다 잘못했으니 부디 용서해 달라고 읍소하고 사정하며 비명을 질렀다. 정체를 알 수 없는 신호음이 삐익, 삐익, 몇 차례 울리더니 문이 열리는 소리가 들렸다. 누군가 정신없이 허공을 휘젓고 있는 내 손을 잡았다.

"괜찮아요."

작고 따뜻한 손을 가진 여자가 말했다. 하지만 괜찮지 않았다. 머리끝부터 발끝까지, 어디 하나 괜찮은 곳이 없다는 게 지금 내가 확신할 수 있는 단 한 가지 사실이었다.

"괜찮아요."

그녀가 내 손을 토닥이며 다시 한번 말했다. *개소리 하지 마.* 나는. 아무것도. 괜찮지. 않았다. 온몸의 근육이 조각조각 찢어지고, 핏줄이 다 풀어 헤쳐진 것 같다고, 뭐라도 좀 해보라고 명령이든 부탁이든 퍼붓고 싶었지만 말라붙은 목구멍에선 아무 소리도 나오지 않았다. 나는 간신히 고개를 조금 흔들 수 있을 뿐이었다.

"움직이지 마세요. 머리를 꿰맸어요. 여긴 병원이에요."

여자는 어린아이를 달래는 것처럼 다정한 말투로 내가

63

궁금해할 정보들을 알려줬다. 이 여자는 누구지? 의사? 간호사? 누군지 알 수 없었지만 정야가 아니라는 것만은 분명했다.

그래, 정야.

내 딸. 나의 온 세상이자 우주……. 참혹한 고통이 얼굴을 가격하고, 목을 찍어 누르고, 척추를 꿰뚫었다.

나는 왈칵 눈물을 쏟으며 다시 정신을 잃었다.

가
인
|
2023

빠직빠직.

유진은 앞산에서, 그녀의 표현을 그대로 옮기자면, '산 안에서' 그런 소리가 들려온다며 창문 앞을 서성이곤 했다. 그런 창문의 밤, 소음의 밤, 불면의 밤에 유진은 가인에게 누워서 자라는 나무에 대한 이야기를 해준 적이 있다.

"옛날에, 옛날에, 내가 아주 작은 아이였을 때……."

유진은 집 근처 산속에서 벼락을 맞고 쓰러진 나무가 누워서도 계속 자라고 있다는 사실을 알아챘다.

"어떻게?"

가인이 졸린 눈을 비비며 물었을 때 유진은 왼손으로 오른 손목을 잡고 손을 아래위로 흔들며 "가지를 휘어봤다."고 대답했다. 대부분의 가지가 부러지지 않고 부드럽게 휘어졌다가 제자리로 돌아갔다. 뿌리만 땅에 담근 채 머리까지 온통 바닥에 누워버린 나무 주변은 습하고 푹신푹신했다.

　실컷 나뭇가지를 휘어보고, 나무가 아직 죽지 않았다는
사실을 확인하고 나면 유진은 나무의 몸통 위에 두 팔을
벌리고 서서 걸었다. 삐뚜름한 나무 위에서 균형을 잡는 것
은 쉬운 일이 아니었다. 유진은 몇 걸음 걷지 못하고 푹,
푹 떨어졌다. 그렇게 한참을 놀다 지치면 유진은 젖은 신발
과 양말을 벗어 던지고 튀어나온 나무줄기를 베고 누워 땀
이 마를 때까지 하늘을 올려다봤다. 구름이 커다랗게 무리
지어 흘러가는 모습은 황홀하고도 무서웠다.

　유진이 그렇게 매달려 노는 사이, 나무가 조금씩 일어
났다.
　먼저는 산발하고 있던 머리가 땅에서 떴고,
　그다음은 나뭇가지가,
　그리고 몸통이,
　아주 조금씩,
　조금씩…….

＊

　유진이 벼락을 맞은 나무처럼 쓰러져 일어나지 못한 지

오늘로 72일째.

＊

비스듬히 자라고 있는 나무를 발견할 때마다 가인은 유진의 나무를 떠올렸다. 그건 정말 있었던 일일까? 꿈을 꿨던 걸까? 불면증 환자의 헛소리였을 뿐일지도 모른다. 아니면 혹시 뭔가를 예감했던 것일까? 기억에 남을 만한 이야기를 남겨, 이야기 속에라도 살아남고 싶었던 건 아닐까?

그게 무엇이었든, 시비를 걸고 싶은 마음뿐이다.

혼자 쓰러져 있는 나무의 가지를 온통 휘어보며 죽지 않았다는 것을 확인하고, 젖은 흙과 이끼로 가득한 땅에 누워 하늘을 올려다보고 있는 어린아이라니.

"아이라면 아이답게 굴란 말이야"

가인은 퉁명스럽게 질책했다.

물론 나무는 매번 대답이 없다.

＊

가인은 유진이 덮고 있는 이불을 들추고 바지를 걷어봤

67

다. 어젯밤 손톱으로 종아리를 긁어놓은 상처에 검붉은 딱지가 앉아 있었다. 의사나 간호사가 보면 한 소리 할 테지만 가인은 유진의 체온을 체크하고, 심장이 뛰는 것을 확인하는 것만으로는 안심이 되지 않을 때마다 유진의 몸에 작은 상처를 내보는 것을 멈출 수 없었다.

유진의 자른 손발톱은 물론 베개에 떨어진 머리카락 한 올 버리지 않고 상자에 따로 모아뒀다. *아프면 아프다고 말해. 싫으면 싫다고 말해. 일어나서 내 눈을 똑바로 보고 말해.* 가인은 고집스러운 얼굴로 유진을 노려봤지만 창으로 들어오는 햇빛에 반사된 유진의 얼굴은 창백하게 빛날 뿐이었다. 가인은 블라인드를 조절하고 유진의 곁에 앉았다. 그리고 유진의 가슴에 뺨을 대고 누워 무슨 소리든 들어보려고 애쓰며 언젠가 유진에게 누워서 자라는 나무에 대해서 이야기하는 상상을 해봤다.

"꼭 죽은 것처럼 보였지만 가만히 귀를 대고 있으면 수액이 흐르는 소리가 노래처럼 들려왔어. 나무 기둥이 몸피를 넓히고 줄기가 해를 향해 온 방향으로 손을 뻗으며 안간힘을 쓰고 있었지. 나는 그 나무 근처에서 시간이 가는 줄 모르고 놀았어. 그 나무에게는 무슨 이야기든 할 수 있었어. 나무에 몸을 기대고 잠이 들면 언제나 아름다운 꿈을 꿀 수 있었지. 그리고……."

가인은 잠시 말을 멈추고 눈물을 삼켰다.

"그리고 나는, 누워 있는 나무가 언젠가는 벌떡 일어나 나를 꼭 안아줄 거라고 굳게 믿었어."

빠직빠직.

유진의 뼛속에서 대답이 들려왔다.

*

가인은 눈을 뜨고 어둠을 응시했다. 온몸이 땀으로 흥건하게 젖어 있었다. 어둠 속에서 가인을 깨운 목소리가 들려왔다. 지하철에서 여성에게 '묻지 마' 폭행을 저지른 의대생들. 술에 취해 있었고, 초범이라는 점, 깊이 반성하고 있다는 점, 그리하여 집행유예……

어디서부터 어떻게 지적을 해야 할지 모를 말들이 아나운서의 단정한 말투로 쏟아져 나왔다. 모두 핵심을 벗어난 헛발질이었다. 유진의 이야기였지만 유진에 대한 이야기는 한마디도 없었다. 가인은 깊은 한숨을 내쉬며 알람 대용으로 사용하고 있는 라디오를 끄고 몸을 일으켰다. 바닥이 차가웠다. 그녀는 문을 닫고 거실로 나갔다. 머리가 깨질 듯 아팠다. 가인은 두통을 가라앉히기 위해 따뜻한 물을 한 잔 마시며 커튼을 열고 창문을 조금 열었다.

커다란 포클레인이 앞산을 파헤치고 있었다. 하얀 꽃잎을 주렁주렁 매달고 있는 아카시아 나무들이 하나둘 쓰러졌다. 달콤한 냄새. 가인은 잠시 현기증을 느꼈다. 지난주 내린 비에 산이 허물어져 바로 옆 단지를 덮쳤다. 아카시아 뿌리가 바위를 뚫고 있었다고 했다. 무성하게 우거진 아카시아 군집이 산을 부수고 있었던 것이다. 아카시아 나무를 전부 뽑고 나면 시멘트 벽이 세워질 것이라고 했다. 아파트 게시판과 엘리베이터에는 '미관상 좋진 않겠지만 안전할 것'이라는 내용의 안내문이 붙었다.

유진의 핸드폰으로 낯선 사람이 전화를 걸어왔을 때, 사무적인 목소리로, 하지만 주저하고 조심스러워하며 핸드폰 주인과 어떻게 아는 사이냐고 물었을 때, 가인은 **모든** 것을 알아챘다. 언제나 **그런** 순간을 두려워하면서, 언젠가 그런 일이 벌어질지도 모른다고 마음의 준비를 한 채 매일매일을 살아가는 사람들이 있다. 차라리 피해망상이었다면 좋겠다고 몸을 떨며 거리를 걷고, 대중교통을 이용하고, 공중 시설을 오가는 사람들. 유진과 가인은 **그런** 사람들이었다.

70

"여보세요? 선생님? 경찰입니다. 핸드폰 주인과 어떻게 아는 사이세요?"

전화 속 목소리가 가인을 채근했을 때 그녀는 빠르고 정처 없이 번져나가는 험악한 상상들을 끊어내지 못한 채 벌벌 떨면서 물었다.

"죽었나요? 유진이 죽었나요?"

지하철 CCTV에 찍힌 남자들은 유진을 때리다가 자기들끼리 서로 몸을 치고 낄낄거리며 뭔가 말했다.

"뭐라고 하는 거예요?"

경찰서에서 영상을 확인한 가인은 떨리는 목소리로 물었다. 경찰에게선 끝내 대답을 들을 수 없었다. 나중에 현장에 있던 사람들이 찍어 인터넷에 올린 동영상을 보고 알았다.

"야. **이거** 남자야, 여자야?"

유진을 향해 뇌까리고 있지만 유진에게 어떤 대답도 들을 생각이 없는 질문. 질문이지만 질문이 아닌 말. 유진의 얼굴에 침을 뱉고, 유진의 몸을 발로 차고, 입에 담기도 역겨운 욕을 퍼붓고 집단 린치를 가하며 그들이 확인하고 싶었던 것은 고작 그것이었다.

그들은 짧게 올려 친 유진의 커트머리를 죄인처럼 잡아

쥐고 흔들며 바닥에 질질 끌고 다녔고, 통이 큰 정장 바지를 모두 찢었으며 유진이 네일 숍에서 공들여 칠한 손톱을 모두 잘근잘근 밟아서 뭉개놨다.

*

가인은 커피를 보온병에 옮겨 담고 오이와 초코바 등 간단한 간식거리를 챙겨 가방에 넣었다. 유진과 함께 살기 시작하면서 토요일마다 산에 올랐다. 산을 좋아하는 쪽은 유진이었다. 컨디션이나 날씨에 따라 코스를 짜는 것도 언제나 유진의 몫이었다. 두 사람은 별다른 대화 없이 산을 오르고, 정상에서 간식을 까먹은 뒤 또 별다른 대화 없이 하산해서 근처의 음식점에서 맥주나 막걸리를 마셨다. 가인은 도무지 재미를 느낄 수 없다고 투덜거리면서도 매주 유진과 함께 가방을 쌌다. 산에 다녀온 다음 날인 일요일에 실컷 늦잠을 자고 함께 산에서 찍은 사진을 보며 뒹굴거리는 시간이 좋았기 때문이다.

유진이 입원한 뒤 가인은 혼자 산에 오르기 시작했다. 유진과 가봤던 곳으로만 코스를 짰는데도 길을 헤매기 일쑤였다. 늘 앞장서 씩씩하게 올라갔던 유진을 생각하며 산에 오르고, 일요일에는 늦잠을 자고 일어나 잠들어 있는 유진을 찾아가 등산하면서 보았던 풍경이나 혼자 길을 헤매며 느꼈던 두려움에 대해서 이야기했다.

그러다 정신을 차리고 보면 언제나 소리를 내며 울고 있었다. 하지만 아무리 울어도 누구도 가인에게 왜 우느냐 묻지도, 얼굴을 들여다보지도, 하다못해 놀리며 웃지도 않았다. 혼자니까, 유진이 잠들어 있으니까, 당연한 일이다. 새삼 그 사실을 깨달을 때마다 머리가 멍해지며 눈물이 쏟아졌다.

가인은 거친 숨을 내쉬며 오르막길을 올랐다. 사납게 잎을 틔운 나무들이 가인의 팔과 다리를 긁었다. 연악산 관주대가 오늘 가인의 목적지였다. 이름에 '악'이 들어간 산은 산세가 험하다고, 유진이 말했었다. 혼자 산을 오르기 시작하면서 가인은 악착같이 험한 산들을 골랐다. 뭔가를 파괴하고, 폭파시키고, 있는 대로 성질을 부리고 싶었지만 그럴 수 있는 것이 제 몸밖에 없었기 때문이다.

길을 잘못 든 것일까. 언제부터인가 등산객들이 하나도 보이지 않았다. 가인은 휴대폰 앱을 켜고 지도를 확인했다. 그녀는 목적지와 완전히 반대 방향에 서 있었다. 어디서부터 잘못된 것일까. 대체 어디서부터 바로잡아야 할까. 가인은 지도를 살펴보다 자리에 주저앉았다.

오늘도 길을 잃었어, 유진.

가인은 속으로 말했다. *목적지를 바꾸면 되잖아.* 어디선가 유진의 목소리가 들려오는 것 같았다. 가인은 그 말을 음미하듯 잠시 가만히 앉아 있었다. 그리고 다시 자리에서 일어났을 때, 멀리, 커다란 바위 위에 새까만 무엇인가가 누워 있는 것을 보았다.

가인은 주춤주춤 몸을 일으키고 이름 모를 바위 위에 누워 있는 새까만 '그것'을 향해 다가갔다. 한참을 바라봤지만 그것이 뭔지 알 수 없었다. 아니, 본능적으로 알아차렸지만 그럴 리가 없다고 생각했다. 그녀는 바위에 뒤틀린 자세로 누워 있는 거구의 남자와 눈이 마주쳤다. 하지만 그의 시선은 가인을 넘어 다른 무언가에 단단히 고정되어 있었다. 남자는 죽기 전 뭔가를 잔뜩 집어 먹은 듯 뺨이 불룩하게 부풀어 올라 있었다. 갑자기 시간이 천천히 흐르고 공기가 음습해졌다. 가인은 신음 같은 한숨을 토해냈다. 심장이 겁먹은 짐승처럼 거칠게 요동쳤다.

생긴 것도, 몸집도 달랐지만 어째서인지 순간, 거기 누워 있는 것이 유진을 무참히 폭행했던 남자들처럼 보였다. 가인이 험한 산을 오르며 몇 번이나 했던 상상. 한 사람, 한 사람의 뺨을 치고, 무릎을 꿇리고, 사지를 찢어발기고,

온몸에 불을 질러버리는 상상들이 마치 형태와 질감을 갖춰 눈앞에 나타난 것만 같았다. 상상은 늘 그들에게 대체 유진이 뭘 잘못했느냐, 어째서 유진이어야 했냐, 험하게 따져 묻다가 제발 그러지 말라고 눈물로 호소하는 것으로 끝났지만 지금 가인의 눈앞에 있는 '그것'은 가인의 상상보다 용감하고 기괴했다.

멀리서 미풍이 불어왔다.

기묘하게 굳은 사체에서 검댕이 날려 가인의 축축한 뺨에 달라붙었다. 그제야 가인은 소리도 나오지 않는 비명을 지르며 뒷걸음질 쳤다.

철
경
|
2023

철경은 창가에 서서 창밖을 보고 있었다. 특별히 볼 만
한 것도 없는 창밖에서 꼭 봐야 할 것을 찾아내려는 듯 눈
을 가느다랗게 뜨고. 진선은 꺼칠꺼칠 말라붙은 오래된 나
무 같은 아버지의 뒷모습을 바라보았다.

"안 가봐도 돼?"

태석이 침대 옆에 의자를 놓고 앉아 사과를 깎으며 진
선에게 물었다.

"또 살인 사건 터졌다며."

"응."

진선은 태석이 가지런하게 깎아놓은 사과를 집어 먹으
며 나직이 대답했다.

어제 오후, 서울 명악구에서 경기도 파정시 사건과 비
슷한 살인 사건이 일어났다. 피해자는 이틀 전 실종 신고
가 된 30대 남성으로 이름은 박정철. 최초 발견자이자 신

고자의 이름은 유가인. 최근 언론에 보도된 의대생 집단 폭행 사건으로 애인인 오유진이 코마에 빠진 뒤 홀로 등산을 하는 습관이 생겼다고 했다. 그녀는 피해자 박정철이 연악산 바위 위에 번제라도 드린 듯 까맣게 불에 탄 채 누워 있는 것을 발견하고 경찰에 신고했다.

오른쪽 어깨의 교상, 왼쪽 후두부 아래 승모근의 자절창, 이후 불에 태워 죽인 범행 수법이 김종구 때와 일치했다. 박정철 역시 김종구처럼 양손에 길이가 다른 나뭇가지를 한 개씩 쥐고 있었고, 입안엔 플로랄 폼이 들어 있었다. 다른 점은 이번에는 전지가위가 정확히 경동맥을 절단해 의식을 잃은 상태에서 불에 탔을 것이라는 추정뿐이었다.

범인은 키 180cm, 몸무게 90kg에 육박하는 거구의 박정철을 연악산 중턱까지 끌고 가 불태워 죽였지만 이번에도 목격자가 없었고, 범구는 물론 지문이나 DNA 역시 남기지 않았다.

"연쇄살인이야?"

태석이 진선에게 물었다.

"아직 단정하긴 이르고, 조사 중이야."

김종구와 박정철은 사는 지역도, 출신 학교도, 나이도 달랐다. 표면적으로 드러나지 않은 연관성을 찾기 위해 박정철에 대해서 조사하는 과정 중에 그가 검사 시절, 검찰청 여자 화장실에 몰카를 설치하고 그 영상을 웹사이트에 업로드했다가 파면된 뒤 로펌 변호사로 근무하고 있었다는 사실을 알게 됐다. 애인을 폭행했다가 합의한 뒤에도 지속적으로 애인을 괴롭히다 결국 그녀가 자살한 기록도 발견됐다.

"연쇄살인 맞는 것 같은데?"

진선은 "음." 하고 말을 아꼈다.

두 사람의 대화를 흘려듣고 있던 철경의 머릿속에서 갑자기 뭔가가 번쩍했다. 철경은 연악산 바위 위에 개처럼 버려진 남자의 몸에 햇빛이 쏟아지는 순간, 그의 몸이 타들어가는 것을 보았다. 남자는 멀어진 의식 속에서도 자신의 살이 표면부터 뼈의 끝까지 타오르는 것을 똑똑히 느낄 수 있었다. 그는 고통에 몸부림치며 빛을 원망하고 저주했다. 그리고 멀지 않은 곳에, 시꺼먼 나무 그늘 속에 몸을 숨긴 그자가 있었다. 짙은 선글라스로 눈을 덮어 표정을 읽을 수 없는 검은 눈동자. 눈알이 이미 빠져나간 것처럼 까만 두 눈이 남자의 죽음을 지켜보고 있었다. 빛에 휩싸인 바위 위 남자의 눈이 고통으로 번쩍 떠졌다. 아니면 공포거나. 어쩌면 그보다 더한 어떤 참혹한 감정 때문에. 철경은 일순간, 자신이 본 것들의 잔상을 더듬으며 느리게 눈을 깜빡였다.

그자다.

철경이 속으로 말했다. 그자가 분명했다. 곧 또 다른 사건이 일어날 것이다. 과거의 기록 속에서도 그자가 죽인 사람들을 찾을 수 있을 것이다…….

언어능력, 운동능력 등이 소실되었어도 기억력만큼은 아직 괜찮았다. 거의 대부분은. 거짓말처럼 정신이 멀쩡하게 돌아올 때도 있었다. 진선과 그 애의 애인이 은밀하게 눈짓을 주고받을 때면 또 난감한 실수를 저질렀나 보다 짐작하긴 했지만 그래도 아직은 선배 형사로서 딸에게 도움을 줄 수 있는 부분들이 남아 있었다.

철경은 창밖에 두고 있던 시선을 거두고 진선을 향해 돌아섰다.

"왜요, 아버지?"

진선이 돌아선 철경과 눈을 맞추며 물었다. 철경이 입을 열려고 하는 순간, 과부화된 철경의 머릿속이 또 한 번 번쩍하더니 진선에게 하려고 했던 말들이 괴상한 섬광전구처럼 점멸하다가 암흑에 휩싸였다.

치매가 생겼다는 것을 알았을 때, 가까운 기억부터 빠

르게 소실되어 간다는 사실을 깨달았을 때, 철경은 입원을 결정했다. 생각처럼 끔찍한 것만은 아니었다. 자신과 처지가 비슷한 사람들과 함께 모여 기계적이고 따분하지만 대놓고 무성의하진 않은 의료진들 사이에서 약을 먹고, 따뜻한 식사를 하고, 텔레비전을 보며 앉아만 있는 삶도 나쁘지 않았다. 아내가 위암으로 죽은 뒤 온 세상이 비명을 지르며 부서지기 시작했다. 마침내 발밑까지 무너져서 공중에 내던져진 기분이 들 때, 그는 가까스로 병원에 입원했다.

"아버지?"

진선은 긴장한 듯 얼굴이 굳어진 아버지를 봤다. 눈이 마주쳤지만 철경의 시선은 그의 내면 안에 깊이 침잠해 있었다. 또다시 머릿속에서 폭발이 일어나 모든 토대가 붕괴된 것이다.

"여보."

단 하나의 빛줄기만을 제외하고. 철경이 진선을 향해 "여보, 여보." 하며 손을 허공에 휘저었다. 진선은 철경을 부축해 다시 침대에 눕혔다. 철경은 시선을 돌려 창밖을 봤다. 하염없이 푸른 하늘 위로 구름이 느리게 흘러가고 있었다. 심장이 다시 평온하게 뛰며 머릿속이 어렴풋이 밝아지는 것을 느낄 수 있었다.

철경은 눈을 감고 정신을 모으려 했다. 그는 입을 벌렸다. 머릿속에는 아직 생각이, 해야 할 말들이 있었다. 말하는 법을 잊은 것은 아니었다. 그런데 이상하게도 한마디도 나오지 않았다. 모처럼 자극적인 이야기를 들은 탓에 몹쓸 상상력이 발휘된 걸지도 모른다. 죽음에 가까운 자가 언뜻 다른 이의 죽음의 순간을 본 것일 수도 있다. 병든 뇌가 만들어낸 다채로운 망상의 한 조각일 가능성이 가장 컸다.

"……."

그는 조용히 입을 다물고, 눈을 감았다.

금
홍
|
2017

　다시 깨어났을 땐 캄캄한 밤이었다. 통증은 가셨지만 아직 정신이 혼미했다. 모든 것이 뒤죽박죽이었다. 꿈인지 기억인지 착각인지 모를 사나운 장면들이 머릿속을 쾅쾅 때리며 돌아다녔다. 여전히 꿈속인지도 몰랐다.

　아니, 부디 모든 게 꿈이었으면.

　나는 밀려드는 울음을 참으며 간절히 기도했다. 하지만 의식의 한편에선 그게 아니라는 확신이 조금씩 분명해지고 있었다. 나는 마른침을 삼켜가며 목구멍으로 치밀어 오르는 비명과 흐느낌을 참았다. 참고, 삼키고, 눌러서 없애버리면 된다. 그렇게 할 수 있을 거라고, 아니, 그렇게 해야만 한다고 스스로를 다그치며 날이 밝기를 기다렸다.

　간호사와 의사가 차례로 찾아왔다. 그들은 내가 꼬박 닷새를 죽은 듯 누워 있었다고 했다. 어지럽진 않은지, 앞이 잘 보이는지, 소리가 잘 들리는지 따위의 간단한 질의응답이 오고 갔다. 내가 정야에 대해서 묻자 그들은 어색하게 시선을 주고받았고, 지나치게 예의 바른 목소리로 조금만 기다리라고 말했다. 갑자기 정야가 태어났을 때가 생각났다. 이렇게 병원 침대에 누워 누군가 나의 갓난아이, 정야를 데려다주기를 기다렸던 순간.

그때처럼, 가슴이 터질 것 같았다.

곧 한 남자가 문을 열고 들어섰다. 형사였다. 나는 다시 정야에 대해 물었다. 살인 사건으로 인지하고 수사하고 있지만 아직 용의자를 특정하지 못했다는 대답이 돌아왔다.

죽었다고? 정야가 죽었다고? 그러니까, 그 모든 게 사나운 꿈도, 망상도 아닌 현실이라고? 어떻게 이런 일이 벌어질 수 있나. 어쩌자고. 대체, 어쩌자고…….

"당시 상황에 대해서 설명하실 수 있겠어요?"

자신을 노철경이라고 소개한 형사가 물었다. 갑자기 눈앞에 캄캄한 장막이 드리워졌다. 나는…… 저녁 식사를 준비하고 있었다. 된장찌개와 가지 무침. 애호박 볶음. 계란프라이. 벨이 울렸고, 정야가 잠시 주저하다가 현관문을 열었다. ……현관에서 가벼운 소란이 있었다. 나는…… 정야를 밀치며 집 안으로 들어온 놈의 주먹에 맞았다. 어떤 장면은 아주 빠르게 스쳐 지나갔고, 또 어떤 장면은 슬로모션처럼 느리게 지나가기도 했다. 하지만 내가 기억할 수 있는 것은 그게 다였다.

놈이 누군지는커녕 인상착의조차 설명할 수 없었다. 누군가 악의를 가지고 삭제한 것처럼, 어떻게 이럴 수가 있을까, 싶을 정도로 깜깜했다. *이러지 마.* 나는 스스로에게 읍소했다. *정신 차려. 기억해. 제발.* 하지만 소용이 없었다. 머릿속이 시꺼먼 곤죽이 된 것 같았다. 노철경 형사는 작게 한숨을 내쉰 뒤 내가 맥없이 정신을 놓은 이후 벌어진 일에 대해서—현장에 남은 흔적을 토대로 당시 상황을 재구성한—설명하기 시작했다.

정야가 순순히 문을 열어준 것으로 추측컨대 범인은 정야가 잘 아는 사람. 노철경 형사가 수첩 안에서 사진 한 장을 꺼냈다.

"현재 가장 유력한 용의자는 이 사람입니다."

나는 그에게 사진을 건네받았다.

"알아보시겠어요? 그날 선생님을 때린 게 이 사람인가요?"

아무런 대답도 할 수 없었다. 아주 익숙한 얼굴이기도 했고, 난생처음 보는 얼굴이기도 했다.

놈의 이름은 강대한.

정야의 애인이었던 자로, 이별 통보를 받아들이지 못하

고 반년 넘게 정야를 괴롭히고 때려왔다고 했다. 처음 듣는 이야기였다. 당장 연락을 받지 않으면 죽어버리겠다고 정야를 협박했던 놈은, 차라리 함께 죽어버리자며 밤낮없이 정야를 괴롭혔던 놈은, 그러나 제 손으로 정야를 죽이지는 않았다고 완강하게 범행을 부인하고 있다고 했다.

"범행 당일 알리바이가 애매하고, 아직 국과수 감식 결과가 나오지 않았지만 현재로선 이 사람이 범인이라는 결정적인 증거도 없는 상황입니다."

노철경 형사가 또다시 작게 한숨을 내쉬었다. 조바심이 났다. 피해자이면서 목격자인 내가 그 증거가 돼야 했다. 놈은 나를 때려눕힌 뒤 내가 감자를 깎고 파를 썰다 내려놓은 칼로 정야의 목숨을 끊어버렸다.

"사소한 것이라도 좋으니까 단서가 될 만한 기억을 떠올려보시겠어요?"

노철경 형사가 말했다. 돌연 정야에게 젖을 물리던 때가 떠올랐다. 정야가 나를 처음으로 "엄마."라고 불렀던 순간. 그렇게 부르며 걸어와 내 품에 안겼을 때 행복하고 또 왠지 모르게 조금 슬펐던 기억들이 무차별적으로 떠올랐다. *회피하지 마.* 나는 그 기억들을 한쪽으로 밀쳐버렸다. *기억해 내고, 감당해.* 정신을 가다듬고 놈에 대해 생각해 보려 했지만 황당한 슬픔에 사로잡힌 채 죽어갔을 정야의 얼굴만 떠올랐다.

어쩌면 정야가 마지막 순간에 원망한 것은 놈이 아니라 나였을지도 모른다. 그런 생각을 하자 속이 메슥거렸다. 갑자기 바닥이 크게 출렁이더니 시야가 돌돌 말리며 좁아졌다.

"침착하게 숨을 쉬세요."

의사가 내 어깨를 감싸안고 말했다.

"하나, 둘······."

나는 의사의 구령에 맞춰 숨을 들이마시고 내쉬었다.

"의식적으로 호흡하세요."

그러고 싶었다. 하지만 맞은편 벽이 무서운 속도로 내게 다가오기 시작했다. 이대로 있다가는 벽에 깔려 죽을 것만 같았다. 차라리 이대로 죽어버렸으면, 하는 생각과 이렇게 죽어버리면 정야를 죽인 놈을 찾을 수 없을 거라는 생각이 동시에 맹렬하게 팽팽한 수평선을 그으며 달려 나갔다. 호흡이 점점 가빠졌다. 의사와 간호사, 그리고 노철경 형사의 얼굴이 모두 뒤섞였다가 흩어지며 점차 흐릿해졌다. 의사가 하나, 둘, 구령을 맞추는 소리를 들으며 나는 다시 정신을 잃었다.

피해자 박정철은 검사를 그만둔 뒤 주로 성범죄 가해자를 변호했다. 승률이 좋은 편이었고, 로펌에서도 매출을 잘 올리는 변호사로 자리 잡고 있었다. 살해 전 마지막으로 맡은 일은 미성년자 성착취물을 제작한 전 프로 농구 선수의 사건이었다. 박정철은 집행유예를 받아냈다. 진선도 뉴스에서 본 기억이 있는 사건이었다.

박정철은 3일 전부터 로펌에 출근하지 않았다. 전화기는 꺼져 있었고, 로펌에서 함께 근무했던 인턴이 집에 찾아가 봤지만 아무리 초인종을 눌러도 반응이 없었다. 이틀 전 실종 신고가 접수됐으나 관할 서에서는 성인 남성의 실종을 심각하게 받아들이지 않았다.

핸드폰 신호가 마지막으로 잡힌 시각은 실종 다음 날 오전 7시 11분. 시신이 발견된 연악산 인근이었다. 범인은 박정철을 살해하면서 그가 소지한 핸드폰을 부수거나 없애지 않았다. 김종구의 백팩을 가져갔던 첫 번째 살인 때보다 더 대범해진 것이다.

박정철이 소지하고 있던 핸드폰과 차에 보관된 노트북 비밀 폴더에는 직접 촬영하거나 다운로드 받은 불법 촬영 동영상이 수백여 개 저장되어 있었고, 일부 여성에게 성관계 동영상을 가지고 돈을 요구한 정황도 밝혀졌다. 범행 동기를 가질 만한 사람이 많아도 너무 많았고, 그들은 하나같이 "할 수만 있다면 죽이고 싶었다."고 서슴없이 대답했지만 모두 알리바이가 있거나 혐의점이 없었다.

최근까지 그에게 금전적, 정신적으로 시달리고 있던 박정철의 전 직장 동료 강애리는 진선과 윤오가 찾아가 박정철 살해 사건와 관련해 질문할 것이 있다고 하자 차분하고 홀가분한 얼굴로 말했다.

"제가 죽였습니다."

마치 이 순간만을 기다려온 사람 같았다. 그녀는 박정철이 실종 전 마지막으로 통화를 한 사람이기도 했다. 진선의 곁에 선 윤오가 반사적으로 움찔했다. 진선은 제대로 떨 수나 있을까 싶게 깡마른 강애리를 쳐다봤다.

"제발 죽어버렸으면 좋겠다는 마음으로 죽였어요."

그녀는 얼굴뼈가 드러날 만큼 마르고 꺼칠한 얼굴 때문에 더 형형하게 빛나는 눈동자로 진선을 똑바로 바라보면서 말했다.

"지금까지 그 어떤 신에게도, 심지어는 아무 물건에나 대고도 그 자식이 죽게 해달라고 간절하게 빌지 않은 날이 단 하루도 없습니다. 그러다 죽은 겁니다."

"……"

"그러니까, 나는 그 자식을 죽였지만 그 일로 감옥에 가진 않을 겁니다."

박정철이 실종됐을 때부터 사체로 발견될 때까지 강애리는 출장차 부산에 있었다. 진선과 윤오는 박정철이 그녀와의 마지막 통화에서도 금전적 협박을 했다는 사실을 확인하고 돌아왔다.

범인에 대한 단서를 찾을 수 없어 수사는 피해자들의 신변을 조사하고 혹시 모를 목격자를 찾는 데 집중됐다. 언론도 마찬가지였다. 수사는 원칙적으로 비공개로 진행되었으나 피해자 김종구와 박정철의 신원과 피해를 본 여성들의 사연이 경쟁적으로 보도되며 대중의 공분을 샀다.

김종구와 박정철은 국적과 성별 외 특별한 연결점을 찾을 수 없었다. 두 사람은 사는 곳도, 나이도, 출신 학교도, 행동반경도 달랐다. 조사를 진행할수록 수사팀 분위기가 가라앉았다. 동일범에 의해 살해된 것이 분명한 두 사람 사이에 연관성이 없다면 살해 동기가 개인적인 원한이 아닐

수도 있다는 뜻이고, 이것이 연쇄살인으로 이어질 가능성
이 높다는 뜻이기도 했다.

그리고 불길한 예감은 곧 현실이 됐다.

가
비
ㅣ
2023

날이 밝자마자 가비는 국도를 따라서 북쪽으로 40분간 달렸다. 도로 양옆으로 건물들이 점점 사라졌다. 흐릿해진 풍경들이 빠르게 스쳐 지나갔다. 처음 와보는 도시였다. 심장이 거세게 요동쳤다.

"긴장되죠?"

보조석에 앉은 해일이 물었다.

"네."

가비는 뭐라 둘러댈 말을 찾다가 그냥 솔직하고 간결하게 대답했다. 긴장되긴 해일도 마찬가지인지 그는 동물구조 단체에서 처음 일하게 됐을 때의 일을 이야기하기 시작했다. 가비는 핸들을 쥔 채 묵묵히 그의 말을 들었다.

＊

가장 먼저 가비의 얼굴을 강타한 것은 시큼한 소변 냄

새였다. 심하게 상한 우유를 먹고 탈이 난 사람의 토사물 같은 냄새도 뒤섞여 있었다. 축축하고 미끄덩거리는 무언가가 계속 발밑에서 짓이겨졌다. 한 발, 한 발 내디딜 때마다 온몸에 불쾌한 괴저의 기운이 달라붙는 것 같았다. 가비는 헛구역질을 했다. 긴장 탓에 제대로 먹은 게 없어 텅 빈 뱃속이 정신없이 요동쳤다.

절벽절벽 코너를 돌아선 가비는 경악했다. 술 취한 사람의 걸음걸이처럼 어지럽게 세워진 녹슨 드럼통에는 구더기가 득실거리는 부패한 음식물 쓰레기가 가득 차 있었다. 뜬장에서 쏟아져 내린 개들의 토사물과 배설물, 어쩌면 태어나 단 한 번도 씻지 못했을 개들에게서 나는 독한 체취가 뒤섞여 뭐라 표현할 수 없이 불쾌한 냄새가 공기 중에 부유하고 있었다.

슬픔도 불쾌함도 두려움도 느낄 새 없이 눈물과 콧물이 줄줄 흘러내렸다. 숨을 참아봤지만 오래 버티지 못하고 포기했다. 입으로만 숨을 쉬어도 소용이 없었다. 가비는 목에 감아두었던 손수건으로 눈가를 훔치고 코와 입을 감쌌다. 운동화 위로 더러운 쥐 한 마리가 빠르게 지나갔다. 가비는 하마터면 비명을 지를 뻔했지만 손수건으로 단단히 막아둔 코와 입에선 아무런 소리도 나지 않았다. 하지만 놀란 마음에 다리에 힘이 풀리면서 무릎이 꺾였다. 그녀는 뜬장의 가장자리를 잡고 몸을 일으키다가 녹슨 부분에 손바닥을 긁혔다. 피가 나기 시작하자 가비는 무의식적으로 손을 입으로 가져가다가 멈칫했다.

벽돌과 진흙으로 만든 화덕 위에 커다란 가마솥이 얹어져 있었다. 열어보고 싶다는 마음과 감당할 수 있겠느냐는 질문이 가비의 마음속에서 맹렬하게 다퉜다. 가비는 두 주먹을 꼭 쥔 채 가마솥을 지나쳤다. 그 안에 무엇이 들어 있든 이제 와 자신이 할 수 있는 일은 아무것도 없다고 스스로를 설득하면서.

*

꿈속에서 가비는 수도 없이 하영을 만났다. 꿈에서 가비는 하영이 무덤을 열고 살아 돌아왔다는 사실을 그냥 현실로 받아들였다. 너무나 기쁘고 감사해서 그 어떤 의심도, 의구심도, 그와 비슷한 것은 아무것도 품지 않았다. 한 번은 하영과 아주 오랜 시간을 함께하기도 했다. 가비와 하영은 그들의 특별한 추억이 담긴 단골 가게들을 돌아다니며 맛있는 것을 먹고, 많이 웃었다. 가비가 아름답게 웃고 있는 하영의 얼굴을 바라보고 있을 때였다. 갑자기 쿵, 하고 심장이 멎을 것 같은 기분이 들면서 자신이 꿈을 꾸고 있으며 곧 혼자서 잠에서 깨어나게 될 것이라는 사실이 깨달아졌다. 가비는 조금이라도 하영을 더 곁에 붙잡아두고 싶어 온몸을 휘저었지만 소용이 없었다.

꿈에서 던져지듯 깨어나자 왈칵 눈물이 쏟아질 것 같았다. 하지만 느낌뿐. 정말 눈물이 쏟아지지는 않았다. 원래는 눈물이 많은 편이었다. 별것도 아닌 일로 툭하면 울어서 놀림을 받고는 했다. 하지만 하영을 잃고 한동안 참혹한 고통 속에 빠져 살고 난 뒤로는 눈물샘이 완전히 말라버렸다. 이제 그녀는 어지간한 일에는 눈물도, 웃음도 나지 않았다. 정신과 의사는 그녀의 몸이 감정적인 상황이 되는 것을 경계하게 된 것이라고 했다.

3년 전, 월셋집 계약 기간이 끝나고 전세를 알아보고 있을 때였다. 직장 생활을 5년 남짓 했지만 전세금을 마련할 수는 없었다. 전세 자금 대출을 받아도 일정 부분은 본인이 부담해야 하는데, 서울 시내에 사람이 살 만한 집을 구하기엔 가진 돈이 부족했다. 가비가 술자리에서 푸념을 늘어놓자 하영이 같이 집을 구해보면 어떻겠냐고 물었다.

두 사람은 대학 동창이었다. 졸업 후에도 일주일이 멀다 하고 만나곤 했지만 같이 살아도 괜찮을지는 가늠하기가 어려웠다. 혹시 사이가 틀어져 하나뿐인 친구를 잃는 것은 아닌가, 두려운 마음도 있었다.

"일어나지도 않은 일을 왜 걱정해? 일단 살아보고, 맞지 않는다고 생각되면 사이가 틀어지기 전에 찢어지자."

가비가 고민을 털어놓았을 때, 하영이 산뜻하게 말했다. 두 사람은 가지고 있던 저축을 모으고 대출을 받아 두 사람의 직장 사이에 작은 아파트를 전세로 임대했다. 누군가와 함께 살 수 있을까. 누군가의 동거인 같은 것이 될 수 있을까. 이사 전날까지도 가비를 괴롭혔던 걱정은 완벽한 기우였다. 혼자 살 때보다 생활비도 덜 들고, 집 안 환경도 쾌적하게 유지할 수 있었다. 이따금 시시콜콜한 문제로 언쟁을 하기도 했지만 심각해지기 전에 금방 풀어졌다. 그동안 왜 혼자 살았던 걸까. 친구랑 같이 사는 건 어떠냐고 동료들이 물어 올 때마다 가비는 혼자 살았던 시간이 아깝게 느껴질 정도라고 호들갑을 떨었다.

딱 한 가지. 가비와 하영이 동의하지 못한 문제가 있었다. 반려동물을 키우는 일이었다. 가비는 사람이 아닌 생명체를 집에 들이는 것이 두려웠다. 그녀도 누구에게나 다정다감한 사람이고 싶었고, 집이 없는 동물들을 거둬들여 살뜰하게 보살펴주고 싶었다. 하지만 그럴 수가 없었다.

"내가 이렇게 생겨먹은 걸 어떡해?"

하영은 가비의 생각을 이해해 줬다. 대신 저녁을 먹고

나면 '운동 삼아' 동네 길고양이들에게 밥을 주기 시작했다.

가비도 일찍 퇴근하면 마지못해 하영을 도왔지만 말 그대로 '마지못해'였을 뿐이다. 귀찮아서 찌푸려진 얼굴이 돌아올 때까지 퍼지지 않았다. 하영은 단 한 번도 귀찮아한 적이 없었다. 그것이 하영의 재능이라면 재능이었다. 하영은 비나 눈이 오는 날이면 더더욱 춥고 배고플 길고양이들에게 밥과 물을 줬으며 다친 길고양이를 발견하기라도 하면 동물병원에 데려가 치료비를 부담하고, 간호하기도 했다.

∗

하영은 평일 저녁, 가비가 회식을 하는 동안 혼자서 길고양이들에게 밥을 주러 나갔다가 40대 남성에게 맞아 죽었다.

∗

물론 이 문장에는 비약이 있다. 논리적으로도, 이성적으로도.

그 어떤 말도, 지금까지 단 한 명도, 가비에게 납득할 만한 이유를 설명해 주지 못했다.

*

　하영의 장례를 치른 뒤, 다시 작은 월세 방으로 이사한 가비는 다니던 회사를 그만두고 동물구조단체에서 일하기 시작했다. 가족과 지인들은 그녀가 삶을 포기했다고 말했다. 대책 없이 슬픔 속에 제 몸을 맡기고 숨어버렸다고. 비겁하다고. 그러다 하영처럼 살해당하기를 기다리고 있는 것이 그녀의 숨겨진 본심이라고. 정신 차리라고. 안타깝다고. 뭣보다 정도가 지나치다고. 가족도 연인도 아니고, 기껏해야 전세 보증금이 모자라 함께 집을 구해 살았던 대학 동기일 뿐 아니었냐고. 오바 좀 하지 말라고. 그럴 때마다 가비는 온몸을 곤두세우고 사납게 소리쳤다.

　"씨발, 그럼 내가 어떻게 해야 되는데?"

*

　더러운 뜬장 속에 갇혀서도 사람을 향해 꼬리를 흔들고, 손을 내밀면 핥아대는 개들을 애처로운 눈빛으로 바라보고 있을 때였다. 무언가 시꺼먼 것이 가비의 눈에 들어왔다. 순간 그녀의 온몸에서 털이 쭈뼛 곤두섰다.

　틀림없는 *사람*의 형체.

무릎을 꿇은 채 뜬장 사이로 기도하듯 맞잡은 두 손에는 길이가 다른 나뭇가지가 시옷(ㅅ)자 형태로 쥐어져 있었고, 입에는 사각형 형태의 뭔가를 재갈처럼 물고 있었다.

뒤 따라온 해일이 모퉁이를 돌아서 가비에게 다가온 순간 산속에서 찢어질 듯한 비명이 터져 나왔다.

덥고 환한 날이다. 아침부터 쨍쨍한 햇빛이 탁한 공기 너머로 쏟아졌다. 짜증 나는 무더위가 온 도시를 휘감고 있었다. 간밤에 내린 비로 반들반들하게 닦인 나뭇잎들이 햇빛을 받는 부분만 눅진하게 번들거리는 것이, 꼭 무더위에 진땀이라도 흘리고 있는 것처럼 보였다.

"오셨어요?"

주차장 쪽에서 걸어오던 윤오가 진선을 보고 아는 척했다.

"일찍 나왔네."

"잠이 안 와서요."

얼굴만 봐도 알 수 있었다. 아마 윤오의 눈에 비친 자신의 모습도 별반 다르지 않을 것이다. 진선은 윤오의 어깨를 한 번 툭 치고 먼저 경찰서 안으로 들어갔다.

세 번째 피해자의 이름은 이중용.

불법 개 농장을 운영하던 40대 남성으로, 미성년자 성폭행 혐의로 징역 1년을 살고 교도소에서 나온 뒤 전자발

찌를 차고 있었다. 김종구, 박정철에 이어 이중용까지 비슷한 형태의 사체로 발견되면서 진선은 윤오와 함께 광수대 특별수사본부로 자리를 옮겼다.

언론에서는 이미 '화형(火刑) 연쇄살인 사건'이라고 이름을 붙이고 연일 수사의 추이에 주목하고 있었다. 플로랄 폼을 물고 기도하는 자세로, 두 개의 나뭇가지를 쥐거나 쥐고 있었던 형태로 발견된 사체 때문에 사이코패스나 특정 사이비 종교 집단의 자경 행위가 아닌가 하는 자극적인 추측 기사들이 검열 없이 쏟아져 나왔다.

특별수사본부장인 이태준이 출근하자 진선은 이번에 특별수사본부에 새로 합류한 이다해 형사, 윤오와 함께 회의실로 향했다. 프로파일러 조정연이 노트북을 품에 안은 채 기다리고 있었다.

*

소회의실에서 소사체 연쇄살인 사건의 첫 번째 수사 회의가 열렸다. 정연이 회의실 테이블 위에 올려놓은 노트북을 프로젝터와 연결하자 윤오가 회의실 불을 껐다. 정연은 회의실에 널찍이 거리를 두고 앉아 있는 형사들을 바라본 뒤 곧바로 본론으로 들어갔다.

"20대 취준생 김종구. 30대 변호사 박정철. 그리고 이번에 발견한 40대 불법 개 농장 운영자 이중용……. 피해자 세 명 사이에 특별한 연관 관계는 찾아볼 수 없었지만 공통점이 있었어요. 스토킹, 교제 범죄, 성추행, 성폭행 등 여성을 상대로 한 범죄를 저질렀으며 죄의 무게에 비해 가벼운 처벌을 받았거나 무죄 처분을 받았고, 사후 여죄가 밝혀졌다는 겁니다."

"범행 동기를 일종의 *단죄*라고 볼 수 있는 걸까요?"

윤오가 물었다.

"아뇨."

태준이 윤오의 말을 잘랐다.

"불법 사적 처벌."

"……."

"계획적인 연쇄살인입니다."

"……."

윤오가 진선과 태준을 힐끗 보고는 작게 고개를 끄덕였다. 태준은 언론이 이 사건에 '화형 연쇄살인'이라고 딱지를 붙인 것에 동의할 수 없었다. 화형(火刑)의 '형'은 형벌, 법을 뜻하는 단어다. 엄연한 법치국가에서 *대체 누가, 무슨 자격으로?* 범인은 치밀하게 계획된 살인을 저지르고 있는 극악무도한 연쇄살인마일 뿐이다. 특별수사본부는 그자를 잡아

처벌하기 위해 경찰 내에서 차출된 집단이고.

하지만…….

회의실에 깊고 무거운 침묵이 내려앉았다. 민감하고 예민한 문제였다. 모두가 골똘한 표정으로 정신없이 오가는 생각들을 정리하고 있었다.

"지난 5년간 발생한 미해결 살인 사건을 조사하던 중 이번 소사체 연쇄살인 사건과 유사한 사건들을 찾아냈어요."

불편한 침묵 끝에 정연이 다시 입을 열었다.

"통계적으로 유의미한지 살펴보고, 합리적으로 가능성이 있는지 따져본 뒤에 추려낸 자료만 가져왔습니다."

프로젝터 화면에 2018년 경기도에서부터 2023년 강원도 원주까지 총 여덟 건의 살인 사건 자료가 나타났다.

"피해자는 모두 남성이며 김종구, 박정철, 이중용과 마찬가지로 여성을 상대로 한 범죄를 저질렀습니다. 이 중 셋은 전자발찌를 차고 있었고요. 사체는 모두 왼쪽 목에 원예용 전지가위로 예상되는 예기에 의한 자절창, 오른쪽 후두하부 승모근에 교상이 있었고, 발화점이 없는 상태에서 불에 태워졌습니다. 범인은 족적은 물론 지문, DNA 등 아무런 증거를 남기지 않았고, 사체가 입안에 플로랄 폼을 물고 발견된 것 역시 일치했습니다. 부천, 밀양, 전주에서 발견된 세 건을 제외하고 나머지 다섯 건에서는 길이가 다른 나뭇가지 두 개 역시 발견됐고요."

형사들이 동시에 낮게 탄성을 내뱉었다. 5년 동안 열한 명. 어쩌면 그 이상. 범인은 동일한 패턴으로 타깃을 정하고 의식 행위로 보이는 흔적을 남기는 등 연쇄살인범의 일반적인 특성을 정석적으로 밟으면서 살인을 계속해 왔다. 언론과 대중에 자료가 공개된다면 경찰이 뭇매를 맞는 건 시간문제였다.

"왜 지금까지 연관성을 찾아내지 못했던 겁니까?"

다해가 물었다.

"저도 그 점이 이상했어요."

정연이 대답했다. 그녀는 잠시 텀을 둔 뒤 다시 입을 열었다.

"더 이상한 것은 킥스(KICS)*에서 데이터를 찾을 때마다 새로운 자료들이 나온다는 겁니다."

"그게 무슨 소리인가요?"

진선이 고개를 돌려 정연을 똑바로 쳐다봤다.

"말 그대로입니다. 처음에는 검색되지 않았던 사건 자료가 두 번째, 세 번째 검색에서는 발견되었습니다. 마치……."

*　형사사법정보시스템.

정연은 적당한 말을 고르기 위해 고심했지만 역시 다른 표현은 떠오르지 않았다. *새로고침을 할 때마다 새로운 뉴스가 뜨는 인터넷 포털 창처럼.*

"마치?"

태준이 안경을 고쳐 쓰며 정연의 대답을 재촉했다.

"아닙니다. 좀 더 정리가 되면 말씀드리겠습니다."

태준은 의아한 얼굴로 정연을 바라봤다. 정연은 시선을 떨궜다. 그녀는 꼼꼼한 사람이었다. 이 직업을 갖기 전부터. 그런 성정 때문에 이 직업을 선택했다고 해도 과언이 아닐 정도로. 처음에는 실수라고 생각했고, 그래서 두 번째부터는 확인하고, 또 확인했다. 하지만 마찬가지였다. 데이터는 계속 '새로고침'됐다. 정연은 당혹스러웠고 얼마간은 공포스럽기도 했다. 그녀는 지금 당장 다시 조사를 시작하면 수도 없이 재확인했음에도 발견하지 못했던 새로운 데이터가 나타날 거라고 확신했다. 지금 이 자리에서, 모두가 보는 앞에서 한번 해볼까? 아니다. 제대로 조사하지 못했다는 사실을 자백하는 것으로 보일 뿐일 것이다.

"또 한 가지."

정연은 정신을 추스르고 페이퍼에 체크해 둔 다음 항목으로 넘어갔다.

"일반적으로 연쇄살인은 시간이 지날수록 반복 학습과

훈련을 통해 숙련도가 향상되는데, 이 사건의 경우 그렇지 않습니다."

형사들이 일제히 정연을 바라봤다. 이번에도 좀 더 설명이 필요한 이야기였다.

"지금까지 발견된 것 중 첫 살인인 2018년 사건에서 이미 완결된 형식을 보여주고 있지만 그 이후에 벌어진 사건에선 오히려 미숙한 면을 보입니다."

"수사에 혼란을 주기 위해 일부러 그런 것 아닐까요?"

윤오가 물었다.

"글쎄요."

정연의 얼굴에 깊고 날카로운 골이 파였다. 그녀가 생각하기에 범인은 마치, *시간에 상관없이 무작위로* 사건을 선택해 저지르고 있는 것 같았다.

"범인이 한 명일까요?"

"카피캣이거나 공범이 있을 가능성은요?"

다해와 윤오가 동시 물었다.

"피해자들 목에 낸 상처의 치열이 불에 훼손돼 정확한 상태를 확인할 수 없었어요. 공범 혹은 조력자가 있을 가능성을 배제할 수 없습니다. 다만 언론 등을 통해 살해 방식의 일부 내용이 밝혀진 것이 최근이므로 카피캣의 가능성은 희박하고, 만약 공범이 있다면 범인 주변 인물, 즉 조

105

력자일 가능성이 높습니다."

"범인은 전지가위로 피해자의 목을 먼저 친 뒤 반대편 목 주변을 입으로 물었는데, 이유가 뭘까요?"

진선이 물었다.

"부검 기록을 살펴봤더니 총 일곱 건에서 치열이 난 부위에 피가 빨린 흔적이 있었습니다."

"범인이 피해자의 피를 빨았다는 겁니까? 마셨다고요?"

태준이 물었다.

"네."

정연이 대답했다.

"무는 것은 사적이고, 친밀한 행위로 피해자에 대한 권력과 통제력을 의미합니다. 범인은 상대의 피를 마시는 행위를 통해 승리감을 느끼는 것으로 생각됩니다. 그는 적어도 5년, 그 이전부터 살인을 저질러왔으며 고등교육을 받은 거구의 남성일 것으로 추측하고 있으나 보다 정확하게 범인을 특정하기 위해 기간을 더 늘려 데이터를 모아볼 생각입니다."

"……."

"저항흔이 있는 피해자도 있었으나 손톱 밑에 피부 조직도 없었고, 옷이나 소지품에서 범인의 모발 한 올 나오지 않은 데다 대부분은 손마디 찰과상도 발견되지 않았습

106

니다. 단숨에, 효과적으로 당해서 저항할 틈도 없었다는 뜻입니다. 범인은 힘이 아주 세거나 살해 동기가 뚜렷한 사람일 겁니다. 현장에 아무런 증거를 남기지 않았지만 살인의 방식은 지저분하고 감정적입니다. 훈련받은 프로처럼 보이지만 한편으로는 아마추어 같기도 합니다. 정서적으로 균형을 잃을 만큼 압도적인 분노와 혐오가 느껴집니다."

진선은 노트북에 시선을 두고 있는 정연을 쳐다봤다. 단정한 말투와 달리 정연은 몹시 혼란스러운 얼굴을 하고 있었다.

"새로 발견된 미해결 사건들부터 조사해 보도록 하죠. 용의자를 특정할 수 있는 새로운 단서가 있을지도 모르니까."

태준이 말하자 형사들이 잠시 동안 가라앉았던 침묵을 걷어내며 "네." 하고 일제히 대답했다.

"지금까지 말씀드린 자료입니다."

정연이 페이퍼를 형사들에게 건넸다.

"검토해 보시는 동안 저는 기간을 더 늘려 자료를 찾아보겠습니다."

정연에게 페이퍼를 받아 한 장씩 넘겨 보던 진선이 멈칫했다. 5년 전, 그러니까 현재까지 정연이 찾아낸 소사체 연쇄살인 사건의 첫 시작점으로 볼 수 있는 2018년 경기도 살인 사건의 담당 형사가 바로 아버지 노철경 형사였기 때문이다.

이별 통보한 연인
스토킹 끝에 살해한 명문대 졸업생 중형

헤어진 연인을 스토킹하다 살해한 명문대 졸업생에게 중형이 선고됐다. 서울북부지법 제12형사부(부장판사 김해경)는 16일, 이 같은 혐의(살인)로 기소된 강 씨(28)에게 징역 3년 및 치료감호를 선고했다.

재판부는 "살인죄는 인간의 생명을 빼앗은 중대 범죄로 크게 비난받아 마땅하지만 강 씨가 피해자를 살해하는 데 사용한 칼이 피해자의 집에 있었던 것으로, 우발적 범행이라고 볼 수 있고 재범의 위험이 있다고 단정하기 어려우며 초범으로 늦게나마 범행을 자백하고 진심으로 반성한 점, 강 씨가 수년째 우울증 치료를 받고 있었던 점, 교화 가능성이 존재한다는 점 등을 참작했다"며 양형의 이유를 밝혔다. 앞서 열린 결심공판에서 검찰은 강 씨에게 무기징역을 구형한 바 있다.

강 씨는 지난해 4월 헤어진 연인을 잊지 못하고 끈질기게 스토킹을 해오다 살해했다. 강 씨는 범행 전 피해자를 수개월에 걸쳐 스토킹하고, "헤어지면 자살하겠다." "성관계 동영상을 유포하겠다." "어머니를 죽이겠다."며 협박을 한 혐의도 있다. 범행을 부인하며 억울함을 호소하던 강 씨는 피해자의 손톱 밑에서 자신의 DNA가 발견되자 결국 자백했다.

이날 방청석에서 피해자의 어머니가 재판부의 선고를 지켜봤다. 피해자의 어머니는 선고가 끝나자 "납득할 수 없다."며 소리치다가 몸을 가누지 못해 법원 직원의 도움을 받아 퇴정했다.

공해진 기자
무단 전재, 재배포 금지

*

놈의 형이 떨어지고 나서야 반년 넘게 꽝꽝 얼어 있던 정야를 화장했다. 납골당에 정야를 안치하고 홀로 산길을 내려오는데 무릎이 걷잡을 수 없이 떨려 왔다. 버티고 서 있을 이유를 찾을 수 없었다. 이대로 돌아가지 않는다 한들 기다리는 사람도, 찾을 사람도 없었다. 나는 끝내 범인을 잡는 데 아무런 도움도 주지 못했다. 정야는 스스로 범인을 지목하고 떠났다. 쓴 냄새가 올라오는 풀숲에 주저앉아 해가 지고, 어둠이 밀려오는 하늘을 올려다봤다.

시간이 흐르는 것이 무의미했다. 어제가 내일이고, 내일이 오늘이라고 해도 상관없을 날들이 지겹게 반복되고 있었다. 매일 밤 놈을 찾아가 머리통을 깨부수는 꿈을 꿨지만 아무런 일도 벌어지지 않은 채 날이 밝았다. 불벼락이 떨어지지도, 하늘이 무너지거나 땅이 꺼지지도 않은 채 날이 저물었다. 컴컴해진 도시에 불빛이 밝혀질 때마다 세상이 하나둘 구령을 맞추며 나를 밀어내는 것 같았다.

그렇게 하루, 하루, 떠밀려 가면서 익숙하고 무뎌지겠지. 두렵고 분했다. 모든 것이 원망스러웠다. 마음에 시퍼렇게 원한이 슬었지만 내게는 한 치도 돌이킬 힘이 없었다. 그것이 내 주제였다. 그런 힘도 없으면서, 어쩌자고 정야의 어미

가 되었나. 어쩌자고 태어났나. 어쩌자고 여태 살았나. 어쩌
자고, 대체 어쩌자고……

별도 없는 밤. 축축하게 젖은 땅에 누워 만기를 떠올렸
다. 죽은 내 남편. 정야의 아버지. 만기는 술을 마시면 개
가 되고는 했다. 사지 멀쩡한 사내로 태어나 알뜰살뜰하게
처자를 먹여 살리고 싶다며, 그것만이 자신의 진심이라며,
술만 마시면 울고 짜고 패악을 떨던 그는 고혈압과 당뇨로
고생하다 정야가 열아홉이 되던 해, 심장마비로 죽었다.

마침내, 라는 안도감을 느끼며 한편으로는 죄스러웠다.

"그래도 좋은 기억이 있었을 거 아냐."

만기가 죽었을 때, 정야가 물었다. 나는 애매하게 웃었
다. 아무리 생각해도 그런 것이 떠오르지 않았기 때문이다.
만기와 나는 참치 가공 공장에서 만났다. 우리는 삶아져
나온 참치 뼈를 맨손으로 발라내는 라인에 반년 정도 마
주 보고 서 있었다. 휴식 시간이면 만기는 터프한 남자, 남
자다운 남자가 되고 싶다면서 한때 유행했던 드라마 속 남
자 배우 성대모사를 하곤 했다.

"나 지금 떨고 있니."

고개를 건들거리는 품새가 터프한 남자의 심볼이었던

배우와 제법 비슷했지만 모두가 힐긋 쳐다보기만 할 뿐, 별다른 대꾸를 하지 않았다. 어설픈 농담에 웃어줄 만큼 여유로운 마음 같은 것이 도무지 생기지 않았던 것이다. 모두가 만성피로로 노랗고 붉어진 눈을 껌뻑이며 앉아 있는 와중에 나 홀로 몸을 비틀며 히죽 웃었고, 그것이 구실이 되어 만기의 짝이 되었다.

다시 그때로 돌아간다면.

이따금 생각했다. 그러면, 그럴 수만 있다면, 표정을 단단히 조일 것이다. 네가 생각하는 터프함과 남자다움이란 그런 것이냐. 네가 떨고 있는지 아닌지조차 모르는 그런 것이냐. 너는 참 시시한 놈이구나— 냉혹한 표정으로 최선을 다해 비웃어줘야지, 그래서 그와는 작업대 외에는 어떤 것도 공유하지 않고 헤어져야지, 다짐하곤 했다.

그럼 정야는?

그것이 단 한 가지 마음에 걸리는 일이었으나 애초에 아이는 엄마에게 속한 것이고, 그러므로 만기와 상관없이 정야는 내 딸로 태어났으리라, 스스로 결론을 내리고 다짐에 다짐을 더했다. 하지만 일이 이렇게 된 지금에 와서는 그런 욕심을 낼 엄두가 나지 않았다. 정야가 내 딸로 태어나지 않았더라면 이렇게 일찍, 그토록 끔찍하게 죽어버리는 일도 없지 않았을까.

그랬을까. 정야야?

하늘에서 대답처럼 후둑, 후둑 빗방울이 떨어지기 시작
했다. 비가 온다, 정야야. 속절없이 비가 온다. 그런 말들을
주워 삼키며 까무룩 잠이 들었다.

진
선
|
2023

    소사체 연쇄살인 특별수사본부에는 계속해서 기록적인 속도로 제보와 신고 전화가 쏟아져 들어왔다. 대부분 다개소리……, 의미 있는 내용은 없었다. 몇몇은 남에게 해를 끼칠 정도는 아니지만 머리에 문제가 있는 사람들이었고 또 몇몇은 자신들의 정보가 대단히 가치 있다고 철석같이 믿고 있는 선량한 사람들이었다. 범인과 관련해 별다른 단서를 찾지 못하고 있는 진선과 특별수사본부는 모든 신고 전화를 확인하고 선별한 뒤 조사할 수밖에 없었다.

    인터넷에는 피해자들의 신상 정보와 그들의 여죄가 텍스트와 동영상으로 만들어져 돌아다니기 시작했다. 실종 신고가 된 지 오래된 사람들 중에 소사체 연쇄살인의 피해자가 있는 건 아닌지 확인하고자 하는 가족들도 있었다. 피해자들과 비슷한 범죄를 저지른 자들이 신경쇠약과 피해망상에 젖어 신변 보호 요청을 해 오는가 하면 인터넷에서는 다음 피해자를 예측하는 사람들까지 나타났다. 자신이 소사체 연쇄살인범이라고 장난 전화를 걸어 경찰을 조롱하는 이들도 있었다.

조정연 프로파일러가 발견한 미해결 살인 사건을 담당했던 형사들을 탐문하고, 재조사했지만 별다른 단서는 발견되지 않았다. 진선은 아버지 노철경 형사와 이야기를 해보기 위해 의사에게 컨디션이 괜찮은 날 연락을 달라고 부탁해 뒀다. 별다른 기대는 없었지만 해야 할 일이었다.

"피해자들에 대해 좀 더 조사해 보자. 사망 시각, 날씨, 신체적 특징, 예를 들어 같은 부위에 점이나 상처가 있는지, 자주 접속하는 인터넷 사이트는 어디이고, 무슨 이야기를 나눴는지, 집 주소나 전화번호에 특별한 단서는 없는지, 같은 것들……. 범인이 어떤 근거로 피해자들을 선택했는지 알아내야 해."

진선이 팀원들에게 지시했다. 하나의 방향을 가리키는 어떤 사소한 문제, 사소한 사건이 분명이 있을 것이다. 더러운 짚 더미에서 바늘 찾기나 마찬가지지만 그 안에 바늘이 있다면 반드시 찾아내야만 했다. 특별수사본부는 제보와 신고 전화 때문에 밤낮없이 시끄러웠지만 팀원들은 점점 말수가 줄었다. 아무도 입 밖에 내지 않았지만 사건이 장기화될 것이라고 생각하고 있었다. 수사에 진척이 없자 언론에서는 경찰의 무능을 탓하며 경찰이 다음 희생자가 나오기를 손 놓고 기다리고 있을 뿐이라고 비난했다.

어쩌면 그게 가장 확실한 방법인지도 모르지.

몸과 마음이 다 곤죽이 된 날 밤, 진선은 생각했다. 그리고 그때는 범인이 긴장해서든 언론과 경찰의 주목에 희열을 느껴 아드레날린과 도파민에 취해서든 실수를 저질러 줬으면 좋겠다고…….

정
연
|
2023

　정연은 침대에서 일어나 마우스피스를 뺐다. 긴장 상태로 이를 악물고 자는 습관 때문에 어금니가 마모되고 잇몸이 내려앉아 마우스피스를 끼고 자기 시작한 지 수년째다. 프로파일러로 일하면서 생긴 일종의 산업재해였다. 그럼에도 이 일을 그만둘 수 없는 이유는 그럼에도 이 일밖에 할 줄 아는 것이 없으며 그럼에도 이 일이 재밌기 때문이었다. 하루 종일 끔찍한 범죄 자료를 들여다보고 범죄자를 연구하는 일이 어째서 재밌는지, 이 무슨 고약하고 음험한 취향인지 그녀 자신도 모를 일이었다.

　정연은 화학을 전공하고 대학병원에서 임상병리사로 근무하다 대학원에 들어가 사회학을 공부했다. 범죄 분석에 관심이 생긴 건 그때부터다. 관련 스터디 모임에서 알게 된 시간 강사를 통해 프로파일러 특채 지원을 제안 받았고, 지원 결과 경장 특채로 합격해 프로파일러로 일하기 시작했다.

프로파일링의 본질은 '범인을 잡고 범죄를 막는 것'이다.[1] 정연은 지금까지 수많은 연쇄 방화, 연쇄살인, 연쇄 성범죄 등을 다뤄왔다. 범죄에 연쇄성이 생길 경우 프로파일러가 투입된다. 쉽게 말해 심리적 이상 문제로 연쇄 범죄를 저지르는 '사이코패스'를 다루는 사람을 프로파일러라고 할 수 있다. 연쇄살인범과 대면 조사를 통해 라포(rapport)*를 형성한 뒤 경찰이 밝히지 못한 범행을 자백 받기도 한다. 그럴 때는 연쇄살인범과 고도의 심리 전쟁이 오간다.

무슨 일이든 일이 수월해지면 망가지는 것이라고들 하는데, 그런 측면에서 보면 프로파일러는 도무지 망가질 수 없는 직업이라고, 정연은 생각했다. 매 사건이 다르게 어렵고, 연차가 쌓이고 경험치가 는다고 해도 도무지 수월해지지 않아 곤혹스럽기만 하기 때문이다. 이번 소사체 연쇄살인 사건도 마찬가지였다.

프로파일러 권일용은 프로파일링에 대해 '그화(化)되기'라고 표현했다. 범인의 시각에 서본다는 의미다.[2]

범인의 시각에서…….

* 사람과 사람 사이에 생기는 상호 신뢰 관계를 뜻하는 심리학 용어.

범인은 여성을 상대로 한 범죄자들을 타깃으로 삼았다. 개인의 원한에 의한 복수로 보기엔 피해자의 범위가 넓고 피해자들 간의 연관성도 찾기 어려웠다. 하지만 범인은 제 나름대로의 분명한 논리를 가지고 타깃을 선정했다. 그는 여성을 상대로 한 범죄의 직간접적 피해자일 가능성이 높다.

　　때로는 시신을 다룬 방식이 살인범의 동기를 말해주기도 한다. 범인은 피해자의 목을 찔러 치명상을 입히고 이로 상처를 내 피를 뺀 뒤 불태워 죽였다. 발화점이 발견되지 않아 어떻게 불을 질렀는지는 확인되지 않았다. 정연은 형태가 그대로 남은 채 불에 탄 피해자들의 사진을 보며 수렴 화재*를 떠올렸다.

　　악의 육신에 떨어진 수렴 화재…….

　　정연은 수사 회의 이후 소사체 연쇄살인 사건과 비슷한 미해결 사건을 찾기 위해 조사 범위를 10년까지 늘렸다. 정연의 예상대로 다른 사건들이 나타났다. 이번에는 조사 범위를 크게 20년까지 늘려봤다. 시발점이 언제였는지를 알고 싶었다. 이번에도 다른 사건들이 나타났다. 조사 범위를 좀

----

*　렌즈 같은 물건에 햇빛이 한곳에 집중되어 발생하는 화재. 창가에 어항이나 페트병을 놓아둬도 발생할 수 있다.

더 늘려보기 전에 정연은 먼저 숨을 고르기로 했다.

가까이에서 보이지 않는 것을 보기 위해선 사건을 백미러에 보이는 풍경처럼 바라볼 필요가 있다.

범인은 (적어도) 20년 동안 변함없이 건장한 남자들을 제압해 사망에 이르게 하면서 유효 증거 하나 남기지 않았다. 동일범이라면 범인은 대체 몇 살이라는 것인가? 형사들이 의문을 제기한 것처럼 최근 사건이 카피캣일까? 범인이 혼자가 아니라 다수인 걸까? 전지가위, 플로랄 폼, 목에 이로 상처를 내고 피를 빤 흔적, 시신의 형태가 온전히 남은 소사체로 발견된 점까지……. 범인은 다른 연쇄살인범과 마찬가지로 대체로 일정한 패턴을 보이고 있었지만 표식을 남기는 등 자신의 자의식을 드러내는 행위는 하지 않았다. 피해자들의 체형은 160cm가 채 안 되는 사람부터 190cm에 이르기까지 다양했다. 범인은 그들 모두를 한 번에 제압했고, 정확히 양쪽 목을 공격했다. 대담함과 꾸준함은 신체적 자신감에서 나온다. 범인은 거구의 남성이며 운동을 했거나 신체적 능력이 뛰어난 사람일 것이다.

하지만 숙련도의 면에서는 여전히 의문점이 남았다. 범인은 마치 시간을 넘나들며 **무작위로** 사건을 선택해 저지르고 있는 것처럼 보였다. 수사 회의에서 한 형사가 지적한 것처럼 범인이 수사에 혼란을 주기 위해 일부러 그런 것일 수도 있다. 단서를 하나도 남기지 않는 꼼꼼함을 봤을 때 그런 계산을 했을 가능성도 없는 건 아니다.

……

지금은 보고서를 쓰는 시간이 아니다. 반박당할 두려움 없이 혼자서 생각을 자유롭게 털어놓아야 하는 '백미러의 시간'이다. 범죄 분석 스터디 모임에서 누군가 셜록 홈스인지, 푸아로 탐정인지, 어떤 소설 속에 나온 말을 인용한 적이 있다. 사실을 알기 전에 가설을 세우면 안 된다는 것이다. 가설에 사실을 끼워 맞추게 되니까. 정연은 사실을 알기 전에는 어떤 가설이든 세워도 된다는 뜻으로 이해했고, 혼자서 '백미러의 시간'을 가질 때만큼은 스스로를 그렇게 놔뒀다. 의외로 좋은 아이디어는 엉뚱하고 설익은 추측과 성급한 오판에서 나오는 경우가 많으니까.

다시, 범인의 시각에서…….

현재 정연이 범인이 누구인가를 알 수 있는 방법은 없었다. 그녀에게 열려 있는 유일한 길은 어떤 종류의 사람이 이런 짓을 저지를 수 있는지 알아내고 파악하는 것뿐이었다. 그저 어떤 남자가 미쳤기 때문에 미친 짓을 저질렀다는

121

건 무지하고 어리석으며 게으른 생각이다. 미친 사람이 미친 짓을 할 때도 멀쩡한 사람만큼 논리적이고 이성적이다. 기묘하게 뒤틀린 그의 관점에서 본다면 말이다.

그는 대체 어떤 인간인가?

아니, 인간이 맞긴 할까?

지난해(2022년), 유엔의 통계 조사에 따르면 한 시간에 평균 다섯 명의 여성이 가족이나 연인에게 살해당했다. 한국 여성의 전화에서 낸 통계에 따르면 우리나라의 경우 남편이나 애인 등 친밀한 관계의 남성에 의해 살해되거나 살인미수로 살아남은 여성의 숫자는 2018년 188명, 2019년 196명, 2020년 228명, 2021년 260명, 2022년 341명으로 점점 늘어나고 있다. 이는 언론에 보도된 사건만을 기준으로 한 통계로, 현실은 이보다 훨씬 잔혹할 것이다.

그러니까, 지금 정연이 들여다보고 있는 사건의 범인은 괴물이 만들어낸 또 다른 괴물. 작용에 의한 반작용. 하지만 그녀는 자꾸만 비유도, 관념적인 개념도 아닌 문자 그대로의 **괴물**—인간이 아닌 존재—일지도 모른다는 생각이 들었다.

사람의 피를 마시는 뱀파이어.

시간을 넘나들며, 영원히 사는 존재…….

정연의 백미러에, 두서없는 생각들이 만들어낸 이미지가 환영처럼 어른거렸다.

윤
오
|
2023

커튼으로 창백한 빛이 스며들고 있었다. 얼마나 눈을 뜨고 있었던 걸까. 천장 벽지의 무늬가 또렷하게 보이기 전에 다시 잠에 든 것도 같은데.

꿈속에서 엄마가 웃고 있었다.

너무 어릴 때 돌아가셔서 이제는 사진을 봐도 낯설게 느껴지는 엄마였다.
그런데도.
잠이 깬 뒤에도 아주 잠깐, 스치듯 지나간 젊은 엄마의 얼굴이 끈질기게 뇌리에 엉겨 붙어 있었다.

윤오의 엄마는 그가 다섯 살 때 스스로 목숨을 끊었다. 아버지는 처음부터 없었다. 고아가 된 그를 떠맡은 것은 외할머니였다. 자라면서 윤오는 엄마가 성폭행을 당해 원치 않는 아이를 낳았고, 그 때문에 내내 힘들어했다는 것을 알게 됐다.

죽는 것이 태어나지 않는 것이라면, 자신이 죽으면 엄마가 다시 살아나서, 다른 삶을 살 수도 있지 않을까. 어쩌면 그편이 이 세상엔 더 도움이 되는 일 아닐까. 말이 되지 않는 생각이라는 것을 알면서도 윤오는 그런 식의 자기혐오, 어쩌면 그보다 더 지독한 자기 연민을 멈출 수 없었다.

그의 삶은 감히 죽은 엄마를 그리워할 수도, 아버지의 존재를 궁금해할 수도 없는 것이었다. 스스로를 탐색하는 것도, 거창한 꿈이나 이상을 갖는 것도 할 수 없었다. 윤오는 자기 자신에게 그어놓은 선만큼 타인에게도 일정한 선을 유지하고자 애썼다. 그럭저럭 고만고만한 관계만 유지하며 살고 싶다면 말귀를 잘 알아듣지 못하는, 적당히 눈치 없는 사람으로 사는 것도 나쁘지 않았다. 받은 만큼 내어줘야 할 테니까. 그게 관계의 이치니까. 그는 누구도 어정쩡한 거리 이상 탐색하지 않았다. 그 자신조차도.

소사체 연쇄살인 사건이 장기화되면서 불면증에 시달린 지 오래였다. 낮에는 멍하고 밤에는 온몸의 감각이 예민해져 잠을 이루지 못하다, 기절하듯 꿈도 없이 짧은 수면에 빠졌다 깨어나기 일쑤였다. 자료가 너덜너덜해질 때까지 보고, 또 보고, 피해자 주변 인물들을 탐문하면서 피로와 무력감에 사로잡힌 날들이었다.

그런데 대체 어떤 무의식이 엄마의 웃는 얼굴을 꿈속에 불러낸 것일까…….

아직도 꿈속에 있는 듯 몽롱한 상태에서 꿈의 잔상을 더듬고 있을 때 날카로운 핸드폰 알람이 그를 현실로 내동 댕이쳤다.

금
홍
—
1969

다시 눈을 떴을 땐 물속이었다. 따뜻한 어둠. 부드러운 물. 나도 모르게 팔다리를 내저었다. 익숙하고도 낯선 편안함이 온몸으로 파고들었다.

"어머."

물 밖에서 친숙한 목소리가 들려왔다. 어머니였다. 이제는 얼굴도 잘 기억나지 않는 내 어머니. 반가움에 힘차게 발길질을 하고 나서 깨달았다. 어찌된 일인지 모르겠지만 나는 반백 년의 세월을 역주행해 어머니의 자궁 속으로 돌아와 있었다. 터무니없이 작아진 심장 탓인지 금세 숨이 찼다. 태동을 느낀 어머니가 또다시 어머, 하고 호들갑을 떨었다.

나는 무릎을 안고 미지근한 양수 안에서 빙글빙글 돌았다. 기분이 좋았다. 아직 아무것도 시작하지 않았어. 느긋한 기분을 즐기며 탯줄을 쪽 빨았다. 아이를 갖고도 농사일에 바빠 늘 허기가 졌다더니 쓴물만 올라왔다. 어머니는 모두가 새참을 먹으러 간 사이 밭에서 막걸리를 마시며 나를 낳았고, 이후 다시 아이를 갖지 못했다.

나는 탯줄로 목을 감았다. 내가 여기서 나가지 않는다면 아무것도 시작되지 않을 것이다. 어머니가 한 집안의 대를 끊어먹은 고약한 여자로 낙인찍혀 골병이 드는 일도, 정야가 그렇게 죽는 일도, 껌껌한 세상에 나 혼자 남게 되는 일도…….

그 모든 것의 시발점으로 돌아와 바로잡을 기회를 잡은 것이다. 나는 탯줄을 단단히 움켜잡았다. 그러자 어머니가 조그만 목소리로 가사를 알 수 없는 멜로디를 흥얼거리기 시작했다. 쿵. 쿵. 쿵. 쿵. 박자를 맞추는 어머니의 심장 소리를 들으면서 왠지 모르게 한 번만 더, 하고 생각했다.

한 번만 더 보고 싶다.

괴상한 노래를 밑도 끝도 없이 흥겹게 부르는 내 어머니를, 이상하게도 만기를, 뭣보다 정야를……. 가슴속에서 계속 뭔가가 솟구쳤다가 사라졌다. 그리운 마음들을 단념시켜 보려 했지만 마음이 단단히 뭉쳐지지 않고 자꾸만 뭉그러졌다. 결국 왈칵 울음이 터지고 말았다. 내가 울자 어머니도 슬픔을 느꼈다. 오렌지빛 뱃가죽에 어머니의 손바닥이 거미줄처럼 착 드리워졌다.

"괜찮아, 괜찮아."

128

어머니는 배를 토닥이며 나에게인지, 스스로에게인지 모를 말을 중얼거리며 훌쩍였다. 나는 손을 뻗어 어머니와 손을 맞댔다. 정야보다 어린 나이에 나를 낳은 내 어머니. 이 어린 여자에게 딸을 잃는 슬픔을 알게 하고 싶지 않았다. 논리적으로 말이 안 되는 이상하고 난해한 감정을 설명할 말을 찾다 결국 찾지 못한 채 어둠 속에서 눈을 떴다.

진
선
|
2023

진선은 잠에서 깼다. 뭔가 잘못됐다. 그녀는 살갗에 닿는 이불의 이질감을 느끼며 생각했다. 무릎 아래에 베개가 있었다. 그녀의 머리 아래 깔린 것보다 탄탄한 볼륨감이 느껴지는 나선형 베개였다.

"이렇게 하면 잘 때 허리에 무리가 가지 않는대."

태석의 목소리가 떠올랐다. 책장 가득 빼곡한 책들. 타원형의 커피 테이블. 벽에 기대어놓은 원목 전신 거울……

태석의 집이다.

술에 취해 태석의 집으로 온 것이다. 목구멍이 타는 듯했다. 침대 옆 협탁에 숙취 해소제와 꿀물, 오렌지주스, 그리고 먼저 출근한다는 태석의 메모가 있었다.

진선은 몸을 일으켜 숙취 해소제부터 오렌지주스까지 모두 마셔버린 뒤 시계를 봤다. 10시 10분 전. 이미 늦었다. 그녀는 숨을 깊이 들이마시고 뻣뻣해진 무릎을 힘겹게 펴고 일어섰다. 벽에 기대어놓은 전신 거울에 비친 몰골이 말이 아니었다. 봉두난발. 더러운 강에 오랫동안 유기된 시체처럼 퉁퉁 부은 몸. 거울 속의 여자는 표정근 없이 이완된 얼굴로 그녀를 바라보고 있었다.

진선은 커피 테이블 위에 곱게 접혀 있는 옷을 하나씩 꿰어 입고 태석의 커다란 잠옷을 벗어 빨래 통에 넣은 뒤 열이 오른 얼굴을 두 손으로 감싸고 관자놀이를 문질렀다.

지난밤 저녁 식사 자리에서 형사들 간에 격렬한 논쟁이 오갔다.

여성을 대상으로 한 범죄가 수도 없이 벌어지고 있고, 그 처분이 대체로 죄의 무게에 비해 가볍게 떨어진다는 것에 진선 역시 형사로서, 또 한 명의 여성으로서 분노와 무력감을 느끼는 것이 사실이었다. 대한민국, 아니, 어쩌면 전 세계 여성들이 느끼고 있을 불안과 집단 트라우마가 이런 괴물을 만들어낸 것이 분명하다는 데에는 모두가 동의했다.

단지 여성이라는 이유로, 누군가를 사랑했다는 이유로, 죽거나 죽을 위기에 처하는 사람들이 있다. 모두가 진선처럼 안온한 연애를 하는 것은 아니며 더 절망적인 것은 그것이 노력과 의지의 영역이 아니라는 데 있었다.

진선을 비롯해 술잔을 앞에 두고 앉아 있던 형사들 모두는 까다로운 수사 앞에 설 때마다 부딪히는 생각 앞에 다시 불려왔다.

법을 지키는 것이 정의로운 일일까?

정의의 신 마아트(Maat)는 정의뿐 아니라 진리와 질서를 상징한다. 하지만 정의와 진리와 질서가 같은 의미일까? 신의 저울이 기울어졌다고 느껴질 땐 어떻게 해야 하는 걸까? 기울어진 저울을 감당하는 것까지가 정의와 진리, 질서에 순종하는 삶인 걸까? …….

그들도 한때는 인도적 처벌과 새로운 출발의 가능성을 믿었다. 하지만 지금은? 모든 것이 덧없다는 익숙한 무력감에 빠지지 않는 것만도 다행이었다.

진선을 비롯한 특별수사본부 형사들 모두가 언론과 대중의 지나친 관심에 긴장한 상태에서 끝도 없이 밀려드는, 대체로 의미 없는 조사와 탐문에 지쳐 있었다. 형사 일은 본래 지루하다. 수백 건, 수천 건의 보고서와 자료를 샅샅이 뒤지고, 끝이 없을 것 같은 보안 카메라와 블랙박스 영상을 보고, 사람을 찾아다니고, 전화를 걸고, 쓸데없는 이야기만 하염없이 늘어놓는 사람이나 중요한 정보를 가지고도 입을 꾹 다물고 있는 사람들과 면담하고……. 모르는 게 아니다. 오히려 너무 잘 알고 있어서 더 지치고, 또 지쳐갔다.

진선은 지난밤의 흔적이 고스란히 남아 쿰쿰한 냄새가 나는 외투를 꿰어 입고 태석의 집에서 나섰다. 기다렸다는 듯 주머니에서 핸드폰이 울렸다.

"팀장님, 어디세요?"

윤오였다. 진선은 길을 잃은 사람처럼 서서 주변을 둘러봤다. 도시는 진선만큼이나 마지못해 깨어난 것처럼 보였다. 그녀는 윤오와 함께 아버지, 아니, 은퇴한 선배 형사 노철경을 만나러 가기로 한 것을 잊고 있었다.

"지금 병원으로 바로 갈게."

신호등 없는 거리에서 그녀는 한 손을 펼쳐 들어 달려오는 차에 양해를 구하고 도로로 뛰어들었다.

금홍

—

2023

습기를 머금은 흙이 얼굴을 뒤덮고 있었다. 산속에 자빠진 채 시간이 얼마나 흐른 것인가. 그새 험한 일을 당해 매장된 것은 아닐까. 머리가 깨질 듯 아팠다. 이번에야말로 정말 뭔가가 머리를 파먹었을지도 몰랐다. 손을 들어 머리를 만져봤다. 전체적으로 좀 삭아 있었지만 깨지거나 상한 부분은 없었다. 밖에서 누군가 웅웅거리며 내게 말을 걸고 있었다.

뭐라는 거야. 대체, 뭐라고 하는 거야! 기력이 없어 대구를 할 수도, 전신을 뒤덮고 있는 흙더미를 떨치고 일어설 수도 없었다. 숨을 쉴 때마다 병든 짐승의 몸에서 나는 쇳소리가 났다. 기운을 차리기 위해 곁에 고여 있던 뱀 한 마리를 잡아 그 피와 체액만을 쪽쪽 빨아 먹었다. 아직 잠에 취한 동면 중인 독사였다. 혓바닥에 미뢰가 소름처럼 돋았다. 쌉쌀한 독의 기운이 혀끝에서 온몸으로 퍼져나가면서 한쪽 귀가 뻥 뚫렸다.

"······아니······야."

가청 데시벨을 미묘하게 벗어난 소리가 신경을 긁으며 달팽이관으로 흘러들어 왔다. 나는 다시 땅속을 헤집었다. 길을 헤매던 두더지 한 마리를 잡을 수 있었다. 발버둥 치는 두더지를 두 손으로 움켜잡고 완전히 짜부라질 때까지 쪽쪽 빨아 먹었다. 머릿속에 자욱하던 안개 같은 것이 가시면서 온 방향에서 소리가 들려왔다. 나는 메아리처럼 울려 오는 소리에 의식을 집중했다.

"······이렇게 한가하게 썩고 있을 때가 아니야."

익숙하고도 낯선 목소리가 뼈를 치고 살을 울리며 진동했다. 뜨거운 것이 번개처럼 날카롭고 빠르게 척추를 꿰뚫고 지나갔다. 낯선 열기가 모세혈관을 타고 퍼져나갔다. 죽음과 삶이 내 몸에서 포개졌다. 나는 숨이 멎을 것 같은 공포와 쾌락에 흐느끼다 몸을 일으켰다. 야윈 몸에서 덜거덕거리는 소리가 났다. 시야가 불에 타듯 가장자리부터 흐려지다가 완전한 암흑이 찾아왔고 이어 천천히 붉게 밝아졌다. 땅속에서 싹이 트는 소리, 벌레가 나무를 파먹는 소리 같은 것들이 귀가 따가울 정도로 날카롭고 크게 들리다가 사라졌다. 산속에서 불어오는 바람이 살을 태울 듯 뜨겁게 느껴졌다.

나는 중심을 잃고 한쪽으로 기울어졌다가 다시 일어났

다. 잇몸이 간지러웠다. 정야를 잃은 슬픔과 고통으로 하나
씩 빠져나갔던 치아가 안쪽에서부터 새로 나고 있었다. 크
고 날카로운 송곳니 두 개가 아랫입술까지 불거져 나왔다.
동공이 커졌다 작아지기를 반복하며 초점을 찾아갔다. 나
는 새로 얻은 눈으로 하늘을 올려다봤다. 비현실적으로 커
다란 보름달이 손에 닿을 듯 가까이 떠 있었다. 달빛이 밤
풍경을 아름답게 비추고 있었으므로 어쩔 수 없이 정야를
생각했다.

보고 싶네, 내 딸.

나는 뼈처럼 창백해진 손으로 가슴을 다독였다. 다독,
다독, 몸 안에서 공명하고 있는 목소리를 잠재웠다.

그래. 죽어 나자빠져 조용히 썩고 있을 때가 아니다.

놈은, 나를 먼저 죽이지 못한 것을 후회하게 될 것이다.

정
민
|
2023

    정민은 국립법무병원, 흔히 치료감호소라고 부르는 곳의 정신과 의사다. 병원 운동장 한편에는 '누가 나를 고쳐주기 바라지 말고 내 자신이 스스로 고쳐가야 한다.'라는 문구가 적혀 있다. 볼 때마다 의사로서 자괴감이 드는 문장이다.

    그녀는 평범한 의사다. 엄청난 사명감을 가지고 이 일을 시작한 것이 아니다. 전문의를 따고 정신과 병원에서 일하던 그녀는 4년 전, 결혼을 하고 쌍둥이를 낳고, 시간에 허덕이면서 이 일을 시작했다. 병원이 집에서 가깝다는 점도 결정적인 이유로 작용했다. 공무원이기 때문에 정시 출근과 정시 퇴근이 보장되고, 마음 편히 연차도 쓸 수 있을 것이라던 그녀의 기대는 출근 첫날부터 무너졌다. 오늘 모니터에 뜬 담당 환자 수는 156명. 평소보다 적은 편으로 하루 평균 160여 명의 환자를 본다. 솔직히 말해 누가 누구인지, 그들에게 어떤 약을 처방했는지조차 가물가물할 지경이다.

환자면서 동시에 범죄자인 이들을 상대하는 것 또한 쉬운 일이 아니다. 치료와 감호를 함께 한다는 뜻에서 '치료감호소'라고 불리지만 현실은 '내 자신이 스스로 고쳐가야 한다.'라는 문구 하에 간신히 감호를 하고 있을 뿐이다. 어쩌면 거창한 사명감 같은 것이 없기 때문에 이 일을 계속할 수 있는 것인지도 모르겠다.

지금 정민 앞에 퀭한 얼굴로 앉아 "벽 안에서 쥐나 새가 우는 소리가 들린다."며 고통을 호소하고 있는 환자의 이름은 강대한. 그는 성범죄자들이 수감되어 있는 인성병동 환자다. 여자 친구를 스토킹하다 살해한 뒤 3년간 수감 생활을 하고 감호소로 온 강대한은 2년 전, 처음 이곳에 들어올 때부터 극심한 우울감을 호소했다. 그는 자신이 저지른 죄에 대한 죄책감보다는 그로 인해 자신이 처한 상황에 대한 억울함과 분노가 더 컸고 다른 수감자들과 마찰도 잦았다.

강대한은 최근 언론에 보도된 '소사체 연쇄살인'의 범인이 곧 자신을 죽일 거라는 불안과 피해망상, 그로 인한 환청과 환각에 시달리고 있었으며 편두통, 현기증, 균형 감각 상실 등의 증세를 보이고 있었다. 자신이 저지른 죄 때문에 소사체 연쇄살인 사건의 피해자들에게 감정이입을 한 것으로 보였다. 아버지의 죽음—소사체 연쇄살인 사건의 피해자였다는 것—도 영향을 줬을 것이다.

그는 2017년 저지른 일에 대해 이야기하면서 피해자의 어머니까지 죽였어야 했다고 말했다. 머리를 부딪히며 쓰러졌기 때문에 죽은 줄 알았다고, 일이 이렇게 될 줄 몰랐다고…….

정민은 그가 출소 뒤 또 다른 범죄를 저지르지 않을까 걱정됐고 좀 더 이야기를 들어봐야 하는 것 아닐까 생각했지만 일단 감정서에 해당 내용을 기록하고 필요한 약을 처방한 뒤 다음 환자를 받았다.

그녀를 기다리고 있는 환자는 많고, 오늘도 긴 하루가 될 테니까.

진
선
|
2023

　진선은 철경과 마주 보지 않고 대각선으로 비껴 앉았다. 아버지가 그녀를 보는 것이 기억을 되살리는 데 도움이 될지 아닐지 확신할 수 없었기 때문이다. 윤오가 냉장고에서 음료수를 꺼내 테이블 위에 놓고 진선의 옆에 와서 앉았다. 햇빛에 노골적으로 드러난 철경의 얼굴엔 주름이 깊고 촘촘히 파여서 마치 누군가 칼로 새겨놓은 것처럼 보였다.

　철경은 형사 후배로 찾아온 딸의 얼굴을 바라보았다. 거기, 젊은 시절 자신의 눈이 있었다. 형사로 일하면서 매일 거울 속에서 마주해야 했던, 상실과 고통의 흉터가 가득한 눈. 그는 내심, 자신이 밤낮없이 무시무시한 참상과 맞서고 있으므로 아내와 딸은 그런 일들로부터 구제될 것이라는 미신적인 믿음을 가지고 있었다. 그런데. 이 아이가 대체 왜 이런 눈을 하고 앉아 있는 것인가.

"이쪽은 저랑 같이 일하는 최윤오 형사예요. 아버지한 테 여쭤볼 게 있어서 같이 왔어요."

진선이 철경의 안색을 살피며 입을 열었다. 의사는 요즘 철경의 상태가 양호한 편이라고 했지만 등을 구부정하게 구부리고 앉아 눈을 느리게 껌뻑이는 철경과 마주하자 유의미한 이야기를 끌어낼 수 있을지 자신이 없어졌다.

프로파일러 조정연이 찾아낸 케이스들 중 (현재로서는) 이번 소사체 연쇄살인 사건의 첫 시작점으로 볼 수 있는 2018년 경기도 살인 사건의 담당 형사가 노철경이었다. 피해자는 서울의 한 사립대학에서 국어국문학을 강의하다 정년 퇴임한 교수 강정국. 지금까지 재검토한 자료들 중에서는 의미 있는 단서를 찾지 못했다. 해당 사건의 담당 형사들은 미해결 사건을 기억하고는 있었지만 당시에도 해결하지 못한 문제를 이제 와 해결할 수 있는 핵심적인 단서를 내놓지 못했다.

아마 철경도 그럴 것이다. 그래도 진선은 철경의 기억에 도움을 줄 수 있도록 아버지의 집에서 가져온 그의 수사 수첩을 테이블 위에 올려놓았다. 수첩은 연도별로 정리되어 있었지만 자신만이 알 수 있는 메모 형식이어서 진선이 알아낼 수 있는 정보는 산발적이었다.

"실종 신고를 먼저 받았고, 출동했다가 다치셨잖아요.

기억…… 하시죠?"

"……."

2018년 7월, 철경은 강정국이 학회에 발표할 논문을 쓰러 별장으로 간 뒤 연락이 되지 않는다는 아내의 신고를 받고 출동했다. 성인 남성의 실종이 곧바로 '사건'으로 인지되는 경우는 드물다. 남편과 연락이 되지 않는다는 강정국 아내의 신고를 받고 철경이 바로 움직인 것은 강정국이 한동안 돌발성 난청과 환각에 시달리며 정신과 치료를 받았고, 결정적으로 한 시간 전 오타투성이의 미안하다는 말과 살려달라는 내용의 메시지를 보내왔다는 신고 내용, 그리고 몇 달 전 그의 아들 강대한을 스토킹 및 살인 혐의로 체포한 것이 바로 철경이었기 때문이었다.

별장은 산속에 있었다. 인가가 드문 동네였다. 별장에 다가갈수록 불빛이 빠르게 사라졌다. 철경이 컴컴한 어둠에 잠긴 강정국의 별장에 도착한 시각은 오후 10시쯤이었다. 잠이 든 것일까? 그는 강정국의 아내에게 전달 받은 비밀번호를 누르고 안으로 들어섰다.

전기에 문제가 생겼는지 불이 켜지지 않았다. 핸드폰 플래시로 내부를 비춰보던 철경은 곧바로 지원을 요청했다. 거실이 엉망진창인 데다 바닥에 핏자국이 가득했기 때문이다.

"강정국 씨?"

어둠 속에서 총을 겨눈 채 강정국, 혹은 침입자를 찾던 철경은 급작스러운 습격을 받고 총을 떨어뜨렸다. 철경을 공격한 것은 뜻밖에도 피투성이인 채 양손에 칼을 들고 있는 강정국이었다. 철경은 자신은 경찰이고, 당신 아내의 신고를 받고 출동했다고 고지했지만 극도의 흥분 상태인 강정국은 무작정 철경을 공격했다. 두 사람은 어둠 속에서 한동안 몸싸움을 했고, 강정국은 철경의 등에 두 개의 식칼을 꽂았다. 가까스로 집 밖으로 도망쳐 나온 철경은 119도 경찰서도 아닌 아내에게 전화를 걸었고, 문제의 그 '사랑해' 폭격만을 남긴 채 그 자리에 쓰러졌다. 잠시 뒤 지원 요청을 받은 형사들이 도착했으나 강정국은 어디론가 사라지고 없었다.

강정국이 다시 발견된 것은 그로부터 3일 뒤, 별장 근처에 있는 모월산 인근이었다. 무릎을 꿇고 기도하는 자세로 까맣게 불에 탄 채였다. 등산객들의 신고를 받고 출동한 경찰은 기묘한 모습으로 발견된 사체가 노철경 형사의 등에 칼을 꽂고 도주한 강정국이라는 사실을 알아냈다.

"강정국은 대학에서 강의를 하는 동안 자신이 지도하던 박사 과정 대학생을 성추행했고, 논문 심사를 빌미로 피해자를 협박한 혐의로 경찰의 조사를 받고 있었다는 점에서 이번 소사체 연쇄살인 사건의 다른 피해자들과 공통점이 있었어요."

진선이 설명했다. 윤오가 사진 몇 장을 테이블 위에 내려놓았다.

"이미 보셨겠지만 모월산에서 강정국이 처음 발견됐을 때 모습입니다."

철경은 고개를 움직이지 않고 시선만 떨어뜨려 사진을 봤다.

모월산에서 발견된 신원불상의 사체가 강정국인 것 같다는 동료 형사의 연락을 받았을 때, 철경은 병원에 있었다. 스무 시간이 넘는 수술 끝에 깨어나 회복 중이었던 철경은 아내와 의사의 만류에도 파트너를 불러 함께 현장으로 갔다.

강정국은 보이지 않는 수갑이라도 찬 것처럼 두 손을 맞잡고 무릎 꿇은 자세로 엎드린 채 불에 타 있었다. 철경은 그 사체 앞에서 어떤 감정을 느껴야 할지 알 수 없었다. 몇 달 전, 아들이 조사를 받고 있는 경찰서에 나타나 변호사 대동 없이는 한마디도 하지 말라며 언성을 높이던 남자, 어둠 속에서 극도의 흥분 상태로 자신을 향해 달려들어 등에 칼을 두 개나 꽂았던 남자가 불에 탄 채 *완전한 항복*

의 자세로 엎드려 있었다.

　현장은 구경꾼들을 통제하고, 목격자나 증거를 찾기 위해 움직이는 경찰들로 분주했다. 철경은 가늘게 불어오는 미풍 속에서 날카로운 쇠 냄새를 맡았다. 불현듯 눈 뒤의 공간이 확 조이는 느낌이 들었다.

　놀랍도록 명징한 **피**의 냄새…….

　철경은 바람이 불어온 쪽으로 고개를 돌렸다.

　널따란 나무 그늘 아래, 누군가 커다란 선글라스를 낀 채 이쪽을 바라보고 있었다. 어디선가 본 듯한 얼굴이었다. 얼굴의 반 이상이 선글라스와 나무 그늘에 가려져 있었기 때문에 입가에 옅게 풀어진 미소와 그 미소 뒤에 그어진 길 잃은 표정이 더 또렷하게 보였다.

　"그게 누군데요? 그 사람이 범인이에요?"

　진선이 물었다. 그녀는 다급히 아버지의 수사 수첩과 사건 보고서를 뒤적였다. 어디에도 그런 내용은 없었다.

　"왜 붙잡지 못한 거죠? 놓쳤어요? 인상착의는요?"

　진선은 철경 쪽으로 바짝 다가앉으며 대답을 재촉했지만 그는 텅 빈 눈으로 그녀를 바라볼 뿐이었다.

＊

모든 살인 사건에는 맥락이 있다. 타깃을 무작위로 고르는 소위 '묻지 마' 살인도 마찬가지다. 미친 인간한테도 자신의 행동을 정당화할 수 있는 내면의 목소리는 필요하니까. 그것이 옳은지 그른지, 사회적 통념에 부합하는지 여부는 그다음 문제다.

이 사건은 진선의 아버지, 철경이 사건 담당 형사이자 피해자였다는 것 말고도 진선의 신경을 잡아당기는 다른 맥락이 있었다. 바로 전 여자 친구를 스토킹하다 살해하고 징역 3년 및 보호감호 처분을 받은 강정국의 아들, 강대한. 강정국은 아들 강대한의 재판이 끝난 뒤 한 달 만에 실종 신고를 받고 출동한 노철경에게 칼을 꽂고 도주한 뒤 사체로 발견됐다.

이게 무슨 의미일까?

진선은 뭔가 이상한 감각을 느꼈다. 머릿속에서 잡아야 하는 무언가가 쓱 지나간 것 같았다.

분노.

프로파일러 조정연은 범인에게서 분노와 혐오의 감정을 읽을 수 있다고 했다. 분노는 압도적인 감정이다. 사람이 진짜 분노를 느끼면 모든 것이 단순 명료해진다. 세상은 납작해지고, 다른 감정들은 일소되며 사회적 통념이 만들어낸 질서를 넘어서는 사적 질서가 만들어진다.

"2017년 강정국의 아들 강대한이 전 여자 친구를 스토킹하다 살해한 사건도 아버지가 조사하셨잖아요. 그 사건과 연관성은 없을까요? 당시에 이걸 염두에 두고 수사하진 않으셨어요?"

"……."

불현듯 철경의 눈앞에 피해자 어머니의 얼굴이 스쳐 지나갔다. 현장에 함께 있었으나 정신을 잃고 쓰러져 가해자에 대한 단서를 하나도 주지 못했고, 그 때문에 몹시 괴로워했던 체구가 작은 중년 여자. 다행히 피해자의 손톱 밑에서 가해자의 DNA가 발견되면서 자백을 받아낼 수 있었고, 재판 끝에 징역 3년 및 치료감호 처분을 받았다. 지독한 스토킹과 잔혹한 살해 수법에도 불구하고 재판부는 그가 초범이며 정신과 치료를 받고 있었다는 점, 명문대 졸업생으로 전도유망한 청년이라는 점을 감형의 근거로 내세웠다. 그의 아버지가 고용한 대형 로펌의 변호사들이 비싼 수임료에 걸맞은 퍼포먼스를 낸 덕분이었다.

피해자의 어머니는 재판장에서 항의를 하다 정신을 잃고 병원에 실려 갔다. 그것이 철경이 기억하는 그녀의 마지막 모습이었다. 강정국이 살해된 뒤 철경은 그녀를 만나보고자 했으나 그녀는 딸의 장례 이후 행적이 묘연했다.

딸이 죽은 집에서 혼자 살아가는 일이 쉽지는 않았을 것이다. 그 심정을 짐작하기 어려운 것은 아니었다. 하지만 준비된 이사나 잠적이 아니었다. 핸드폰은 요금 미납으로 정지된 상태였고, 집주인은 월세가 계속 밀리고 세입자와 연락이 닿지 않아 임의로 집을 내놓은 상태였다. 젊은 남성인 집주인은 사람이 살해된 곳이라는 사실이 알려져 새로운 세입자를 찾기가 어렵다고 원망인지 변명인지 모를 하소연을 했다.

"피해자한테 실종된 어머니 외에 다른 가족은 없었죠?"

진선이 이미 확인해 본 바를 재확인했다.

"응."

철경은 잠시 주저하다 낯설고 나지막한 목소리로 덧붙였다.

"아무도 없었어……."

피해자의 아버지는 오래전 지병으로 사망했고, 다른 친척도 없어 모녀는 서로가 유일한 가족이었다. 재판 결과에 앙심을 품을 만한 지인도 특별히 없었다. 강정국에게 성추행과 협박을 당했다고 고소했던 대학원생은 사건 발생 시각, 제주도에 있는 본가에 있었다. 진선은 생각이 계속 어떤 벽에 부딪히는 느낌이었다.

"······."

골똘히 생각에 잠겨 더듬거리나마 대답을 하던 철경의 말이 다시 멎었다. 그가 안락의자 팔걸이의 니스 칠이 닳은 자리를 검지로 쓸기 시작했다. 동공의 초점이 멀어졌다. ······이미 딴생각에 잠긴 듯했다. 진선이 모르는 곳으로 서서히 추락하고 있는 것이다. 진선은 고개를 떨궜다. 한때는 태산 같았던 아버지가 물리적으로 동요하고 무너지는 모습은 아무리 봐도 좀처럼 적응이 되지 않았다.

＊

그들은 잠시 가만히 있었다. 진선은 철경의 얼굴을 가만히 바라보면서 침잠했던 그의 의식이 다시 돌아오기를 기다렸다. 그때 진선과 윤오의 핸드폰이 동시에 울렸다. 특별수사본부에서 걸려온 전화였다.

또 다른 사건이 발생했다는 소식이었다.

엘
리
자
—
2023

    엘리자의 이름은 엘리자. 아버지 엘빈과 어머니 라이자의 이름을 따서 지은 이름이다. 고국인 필리핀을 떠나 한국에 온 뒤 그녀의 이름은 '리자'가 됐다. 남편의 이름은 이대주. 시어머니의 이름은 오순자. 남편과 시어머니의 이름을 따서 지은 것 같은, 그럼에도 제 이름을 불완전하게 부르는 이상한 이름.

    엘리자의 남편 대주는 엘리자보다 열여섯 살이 많은 충청도의 농부였다. 대주가 이장이었기에 엘리자는 '이장댁'이 됐다. 대주가 태어나 한 번도 떠난 적 없는 그의 고향 청수리는 아름다운 마을이었다. 엘리자는 남편과 함께 봄부터 가을까지 쌀농사를 짓고 추수가 끝난 뒤엔 비닐하우스에서 상추를 키웠다. 대주는 무뚝뚝하지만 단정한 사람이었다. 남편이 좀 더 다정하고 살가운 사람이었으면, 하고 바랄 때도 있었고, 가끔은 시어머니가 아니라 자신의 편을 들어줬으면, 하고 원할 때도 있었지만 그랬다면 다른 게 아쉬웠을 수도 있다. 인생이란 그런 것이니까.

결혼 3년 만에 얻은 딸에게 엘리자는 어머니의 이름 라이자를 물려주고 싶었지만 시어머니는 작명소에서 지희라는 이름을 받아 왔다. 지희는 낯선 땅에서, '리자'라는 불완전한 이름으로 불리던 엘리자에게 완전한 소속감과 기쁨을 줬다. 지희는 자라면서 엘리자가 잊고 지냈던 것들을 물어 왔다. 엘리자의 고향은 어디인지, 어떤 모습인지, 부모님은 어떤 사람인지, 엘빈과 라이자는 어떻게 생겼는지, 필리핀에도 벼가 자라는지, 필리핀 사람들도 상추를 먹는지, 비가 오고, 눈이 내리고, 바람이 부는지, 좋아하는 음식은 무엇이고, 꿈은 무엇이었는지, 왜 청수리로 왔는지, 부모님이 보고 싶진 않은지, 그럴 땐 어떡하는지……. 수많은 질문들에 답을 돌려주는 동안 계절이 변하고 해가 바뀌었다.

타성에 젖어 살아가다 보면 하루는 길지만 세월은 짧게 느껴진다. 문득 정신을 차리고 보니 지희가 성인이 되어 엘리자의 곁을 떠날 때가 되어버렸다. 대주는 지희가 지역 교육대학에 입학하기를 바랐지만 엘리자는 지희가 원하는 대로 서울에 가서 공부하고 하고 싶은 일을 실컷 하면서 살길 바랐다. 지희는 엘리자처럼 대학에서 영문학을 공부했고, 대학 재학 중에는 엘리자의 나라인 필리핀에서 어학연수를 하기도 했다. 졸업을 앞두고 광고 회사에 인턴으로 들어간 지희는 가정폭력 피해자 지원센터에서 이주 여성 피해자들을 위해 통역 봉사를 시작했다. 모국어인 타갈로그어와 영어를 모국에서 온 여성들을 위해 사용하고 싶다고 했을 때 엘리자는 딸이 자신보다 나은 어른이 됐다고 생각했다.

광고 회사 인턴 근무 기간이 끝나던 날, 회식을 하고 집으로 돌아오던 지희는 술집에서부터 집 앞까지 따라온 낯선 남자에게 무차별적으로 폭행을 당했다. 늦은 밤, 병원에서 전화를 받고 잠든 대주를 깨워 택시를 불렀다. 무슨 정신으로 서울까지 갔는지 기억이 없다. 모든 감각에 과부하가 걸려 온몸이 무감각했다. 수술을 마치고 회복실에 누워 있는 지희를 두 눈으로 확인하고 나서야 정수리를 후려친 것 같은 충격이 엘리자를 덮쳤다.

이틀 만에 깨어난 지희는 자신이 무슨 일을 당했는지 기억하지 못했다.

"엄마, 내가 왜 여기에 있어?"

깨어난 지희가 엘리자에게 던진 첫 질문이었다. 어떻게 대답해야 할까. 뭐라고 말해줘야 할까. 머릿속이 새하얘졌다. 도무지 알 수 없고, 갈피를 잡을 수 없는 질문들이 쏟아졌다. 지희는 늦은 밤, 회식을 마치고 집으로 가고 있었다는 것까지만 기억했다. 누구에게 어떻게 맞았는지, 얼마나 무섭고 아팠는지, 아무것도 기억하지 못했다. 대주는 기억하지 못하는 것이 나을 수도 있다고 했고, 엘리자도 어쩌면 그 말이 맞을 수도 있다고 생각했다. 하지만 어리둥절한 얼굴로 허공을 응시한 채 거칠게 몰아치는 감정의 파도를 참아내기 위해 표정을 다잡고 있는 지희를 보고 있으면 가슴속에서 말로 형용할 수 없이 고통스러운 상처가 쩍쩍 벌어졌다.

신고를 받고 병원으로 찾아온 경찰의 말들이 하나도 귀에 들어오지 않았다. 한마디, 한마디가 절벽에서 굴러떨어진 돌처럼 날아가 버렸다. 경찰은 CCTV에 찍힌 범인을 체포했고 언론은 '묻지 마 폭행'이라고 보도했다. 엘리자는 화를 내기엔 너무나 슬펐고, 그렇다고 슬퍼하고만 있기엔 너무 화가 나는 어처구니없는 감정을 주체할 수가 없었다.

*

아침부터 몸살 기운이 있었다. 엘리자는 약을 먹고 일찍 이불 속에 누워 눈을 감았지만 신경이 곤두서 가위에 눌렸다. 그녀는 옴짝달싹도 할 수 없어 초조한 와중에 환각에 시달렸다. 처음 보는 낯선 사람이 그녀를 내려다보고 있었다. 귀신일까? 저승사자? 어느 쪽이든 무섭지 않다고 생각하면서도 팔다리를 움직이려고 발버둥을 치다가 잠에서 깨어났다. 열 때문에 온몸이 흠뻑 젖어 있었다. 그녀는 대주가 깨지 않게 조심조심 옷을 꿰어 입고 밖으로 나와 차갑고 불쾌한 잿빛 어스름에 물든 길을 정처 없이 걷기 시작했다. 벌겋게 달아오른 얼굴에 닿는 차가운 새벽 공기가 기분 좋게 느껴졌다.

퇴원한 지희는 같이 청수리로 돌아가자는 엘리자와 대주, 두 사람만을 돌려보냈다. 원룸 계약 기간이 남았지만 상황을 전해 들은 집주인은 이사를 허락해 줬다. 지희는 이사한 집에서 신경정신과 상담을 다니며 재판을 준비하고 있다. 가정폭력 피해자 지원센터 봉사 일과 취업 준비도 다시 시작할 것이라고 했다.

뭐가 어디서부터 잘못된 것일까?

대주와 함께 기차를 타고, 버스를 타고 청수리로 돌아오는 내내 엘리자는 생각했다. 대체, 어디서부터일까. 사람을 미치게 하는 유의 생각이라는 것을 알면서도 멈출 수가 없었다. 하지만 아무리 생각하고, 또 생각해도 머릿속에 무질서하게 뒤엉킨 생각들이 더 무질서하게 뒤엉킬 뿐이었다.

병원에 있는 동안 지희는 눈에 띄게 야위었다. 엘리자는 딸이 점점 줄어들다가 마침내 희미해져 사라질 것만 같은 두려움을 느꼈다. 지희가 좀 더 강인한 사람이었으면 좋았을 것이다. 아니다. 그런 생각은 뭔가…… 부당했다. 누구도 그런 식으로 자신을 과신하지 않고 얼마든지 나약해도 괜찮아야 했다.

여기가 어디지?

생각에 잠긴 채 걷던 그녀는 고개를 들어 주위를 살폈다. 어느새 청수리를 크게 한 바퀴 돌아 대주와 함께 가지와 깻잎을 심어둔 밭 근처에 서 있었다. 시간이 얼마나 흐른 건지 대기가 푸른빛으로 바뀌며 면도날처럼 날카로워져 있었다. 가슴을 짓누르고 있던 모든 일들이 고열로 인한 환각처럼 느껴졌고, 그렇게 생각하자 기묘한 황홀감이 밀려왔다. 엘리자는 조용히 눈을 감았다. 내내 쇠사슬처럼 몸에 감겨 있던 긴장이 스르르 풀어졌다.

아무 때고 밭을 엉망으로 만들어놓는 멧돼지를 잡기 위해 대주가 설치해 둔 덫에 뭔가가 물려 있었다. 멧돼지보다는 작고 오소리보다는 큰 시꺼먼 무언가. 몇 주나 방치된 밭은 엉망이었다. 엘리자는 자신의 키만큼 자란 깻잎을 헤치며 밭 안쪽으로 걸어갔다. 발목이 덫에 단단히 물린 채 오른쪽으로 비스듬히 누워 있는 시꺼먼 덩어리는 온전한 사람의 형체를 하고 있었다. 아직도 꿈을 꾸고 있는 것일까. 엘리자는 몽롱한 기분으로 조금 더 가까이 다가갔다. 남자는 볼이 불거져 나올 만큼 입안 가득 뭔가를 문 채 두 손은 열중쉬어를 하듯 뒤쪽으로 수갑을 차고 모로 누워 있었다. 목덜미에는 어린아이의 주먹만 한 구멍이 나 있었다. 새까맣게 불에 탔음에도 가죽처럼 질겨 보이는 뺨은 팽팽하게 당겨져 있었고 비명을 지르는 듯한 상태로 고정되어 있었다. 참혹한 죽음이었다.

그 사람이다.

엘리자는 거세게 몰아치는 심장박동을 느끼며 천천히 주위를 둘러봤다. 아무도 보이지 않았다. 그녀는 뉴스에서 이런 식으로 사람을 살해하고 다니는 사람에 대한 이야기를 본 적이 있었다. 여자들에게 나쁜 짓을 한 사람들만 골라서 참혹하게 살해하면서 아무런 증거도 남기지 않는 연쇄살인마.

지희가 병원에 있을 때, 지희가 당한 일을 '묻지 마 폭행'이라는 무책임한 단어로 보도하는 사람들을 볼 때, 구속 수사를 받으면서도 잘못을 반성하기는커녕 갖은 방법으로 지희에게 해코지할 방법을 찾고 있다고 말하는 놈의 이야기를 전해 들었을 때, 할 수만 있다면 당장 죽여버리고, 그 입을 찢어버리고 싶은 사람들의 얼굴을 곱씹으면서 엘리자는 몇 번이고 그 사람을 생각했다.

그가 영영 잡히지 않았으면 좋겠다고 생각했다.

엘리자는 매서운 눈으로 다시 한번 주위를 살폈다. 범행 도구도, 범인의 흔적도, 아무것도 없었다. 그녀는 안도와 감탄이 뒤섞인 숨을 토해내고는 외투 주머니에서 핸드폰을 꺼내 조심조심 112번을 눌렀다.

철
경
|
2023

철경은 창밖을 내다봤다. 지평선에 여러 겹의 선을 그으며 늘어선 산들 속으로 황혼이 급격히 몰려오고 있었다. 그는 목덜미를 주물렀다. 진선과 동료가 나타나 과거의 기억을 헤집어대고 간 뒤로 두통이 가시지 않았다.

그자…….

나무 그늘 아래 서 있던 그의 실루엣을 떠올리자 뇌에서 경보가 울리기 시작했다. 누구라도 와서 꺼주길 바라는 구형 자동차의 오작동된 경보음처럼.

"왜 붙잡지 못한 거죠? 놓쳤어요? 인상착의는요?"

진선이 물었을 때, 세 가지 질문에 모두 명확한 답이 떠오르지 않았다. 왜였나. 그가 수술을 받고 약에 취해 있었기 때문에? 그자를 따라갔던가? 끝내 놓쳤던가? 선글라스를 썼다는 것 외의 인상착의…… 역시 기억이 나지 않았다. 창밖에서 개들이 짖는 소리가 들렸다. 부모의 손에 이끌려

면회 온 아이들의 목소리와 그 아이들을 혼내는 어른들의 목소리도. 하지만 그 어떤 소리도 철경의 뇌에서 울리는 경보음을 끄지는 못했다. 그러다 불현듯 떠올랐다. 엄청난 경보음과 두통 속에서. 기억이 떠올랐다.

날카롭고 명징한 피의 냄새.
커다란 선글라스 아래 구겨지고 체념한 얼굴 한쪽에 그어진 일말의 미소.
분명, 아는 사람이었다.
저 사람……이 왜? 어째서?
아니, 그보다 더 중요한 질문이 있었다.
*저 사람이 **어떻게** 이런 일을 저지를 수 있었던 것일까?*
철경은 돌처럼 가만히 서 있었다. 가만있는데도 불에 타고 찌그러지는 느낌이었다. 하지만 그런 자신을 저만치 멀리 떨어진 곳에서 냉정한 눈으로 바라보는 또 다른 자신도 있었다. *이 순간을 잊지 못하리라. 매번 이 자리로 돌아오리라.* 예감인지 결심인지 모를 생각이 머릿속에 단단하게 똬리를 틀었다.

철경이 뒤늦게 정신을 차리고 폴리스 라인을 넘어 구경꾼들을 밀치고 그가 서 있는 쪽으로 걸어갈 때였다. 갑자기, 해를 가리고 있던 구름이 깨지며 사위가 밝아졌다. 그는 나무 그늘에서 나와 해가 있는 쪽으로 걸어 나왔고, 그 빛에 서서히 녹아 사라지는 것처럼 없어졌다. 철경의 몸이 떨리기 시작했다. 손에서 시작된 떨림이 심장으로, 온몸으로 퍼져나갔다. 약기운 탓에 헛것을 본 것일까? 아니, 반대로 약기운이 사라져 통증이 다시 시작됐기 때문에 환각을 본 것일까?

*

그것은 정말로 일어났던 일인가. 아니면, 머리에 이상이 생긴 뒤 수도 없이 지어낸 몽상의 메아리 같은 것일까. 문득 느낀 적 없는 무언가가 철경의 허리쯤에서 가슴께로 올라왔다. 애처로움. 연민이나 동정 같은 것. 철경은 이상한 안도와 충격이 음울하게 뒤섞인 감정을 받아들이려고 애썼다.

병실은 텅 비어 있었다. 그는 혼자였다. 정적이 감돌았다. 이렇게까지 혼자였던 적은 없었던 것 같은 무력한 적막감이 그를 덮쳤다.

진
선
|
2023

　새벽 4시가 넘어서야 진선은 지친 몸을 이끌고 아파트에 도착했다. 옷을 벗어 아무렇게나 집어 던지고 곧장 욕실로 향했다. 뜨거운 물줄기에 피로로 뭉친 근육을 풀어주면서 그녀는 되도록 아무 생각도 하지 않으려 했지만 머릿속에서 사건에 대한 생각이 잔상처럼 윙윙거렸다.

　충청도 청수리라는 마을 주민의 텃밭에서 발견된 네 번째 피해자의 이름은 차승민. 43세, 남성으로 울산지법 소속 현직 판사였다. 이번에도 범인은 피해자를 다른 곳에서 공격한 뒤 텃밭에서 불태워 죽였지만 족적도, 발화점도, 시신을 옮긴 흔적조차 찾을 수 없었다. 범행에 사용된 수갑은 피해자가 가지고 있던 물건이었다. 주변에는 CCTV도, 블랙박스를 볼 수 있는 차도 없었다. 마을 주민들을 탐문조사 했지만 최초 발견자인 필리핀 이주 여성 외 다른 목격자는 없었다.

　"하……."

진선은 깊은 탄식과도 같은 한숨을 내쉬고 샤워기를 껐다. 욕실 안은 수증기로 어스레했다. 그녀는 손으로 거울을 닦은 뒤 양치질을 했다. 피해자는 경기도 고양시 사법연수원에서 열린 경력 법관 연수를 마치고 귀가하던 중 실종된 지 이틀 만에 소사체로 발견됐다.

중간에 청주에 있는 성매매 업소에 들렀던 것이 밝혀졌으나 이후 행적이 묘연했다. 일단 피해자의 이동 경로를 따라 CCTV를 추적해 보기로 했다. 지난한 과정일 것이고, 그럼에도 단서를 찾지 못할 가능성이 있었지만 어쨌든.

차승민은 성범죄자들에게 '솜방망이 처벌'을 하는 것으로 유명한 판사였다. 범행 동기를 가진 사람이 수도 없이 많을 거라는 뜻이었다. 법이 약자의 편일 것이라는 거대한 배신을 당한 사람들은 분노하고, 악의를 품었을 것이다. 현직 판사가 피해자가 된 데다 피해자의 자녀들이 실종 신고를 하면서 소사체 연쇄살인과 연관성이 있는 것 같다고 특별수사본부에도 전화 신고를 했음에도 묵살됐다는 내용의 글을 개인 SNS에 올리면서 언론이 시끄러워졌다. 이태준 수사본부장은 신고 전화를 받은 것이 누구인지 찾아내라고 언성을 높였다.

욕실에서 나온 진선은 벗어 던져둔 옷들을 세탁함에 집어넣고 침실로 향했다. 오랜 시간 샤워를 했는데도 머리와 온몸이 극도의 각성 상태였다. 그녀는 술이라도 마셔야 할까 생각하다가 그냥 침대에 누웠다. 한참을 뒤척이다 잠이 든 진선은 오래전 아버지가 갔었던 소사체 살인 사건 현장에 서 있는 꿈을 꿨다. 그녀는 커다란 나무 그늘 아래 선글라스를 낀 채 서 있는 사람을 향해 달렸지만 아무리 힘껏 달려도 거리는 좁혀지지 않고, 제자리에서 맴돌 뿐이었다.

＊

아침 햇살이 진선의 책상에 떨어져 수사 자료가 담긴 링 바인더 위에서 반사됐다. 진선은 이를 꾹 악물며 마른 침을 삼켰다. 새벽에 눈을 뜬 순간부터 골치가 지끈거렸다. 커다란 손이 머리통을 잡고 흔드는 것만 같았다. 잠을 제대로 자지 못해선지 스트레스 때문인지 알 수 없었다. 아마 둘 다일 것이다. 눈을 감고 싶었지만 태준이 그녀를 뚫어지게 쳐다보며 뭐라고 말하고 있어 그럴 수 없었다. 진선은 두통 때문에 귀가 멍하고 시야가 좁아져 태준이 하는 말에 도무지 집중할 수가 없었다.

"제보 전화 전부 녹음됐을 것 아냐? 못 찾는 거야? 안 찾는 거야?"

태준의 목소리가 신경질적으로 높아지자 진선은 자세를 바로 하고 앉았다.

"그 많은 녹음본을 다 뒤져서 누가 제보를 받았는지 색출하면요?"

"책임 소재를 분명히 해야 할 것 아냐."

"제보 전화 받은 사람은 하나지만 조사하고, 조합하고, 회의한 건 팀원들 전체입니다. 거기엔 물론 본부장님도 포함되고요."

"……."

"아시잖아요. 술주정뱅이들, 미치광이들, 피해망상증 환자들이 대부분이었어요. 그거 다 조사하고, 조합하고, 회의하는 뻘짓을 하고 있는 동안 또 다른 피해자가 나타난 겁니다. 지금 급한 건 누가 그 전화를 받았는지 색출하는 게 아니라 사건에 대해서 조사하는 일입니다. 제보 전화만 받을 수 있는 인원을 보강해 주세요. 앞으로 팀원들은 사건 조사에만 집중하겠습니다."

"야! 노진선!"

진선은 태준의 시선을 똑바로 맞받았다.

"위에는 뭐라고 말할 거야? 언론은? 정치인들은 가만히 있을 것 같아? 벌써 3개월이나 지났어. 제대로 된 단서 하나 찾지 못했는데 중요한 제보 전화를 놓쳤다고!"

"제보 전화 받은 사람 찾아서 던져주면 가만히 있을까요? 시간 낭비하다가 또 다른 피해자가 나오면요? 어떻게 해야 범인을 빨리 잡을 수 있을지 고민하는 게 우선 아닌가요? 아직 현장 주변 탐색도 충분히 못 했고요, 피해자 신변 조사도 제대로 못 했습니다. 앞선 피해자들과 연관 관계도 따져봐야 되고요."

태준이 눈을 치켜뜨면서 뭐라 말하고 싶은 표정을 지었지만 적당한 말이 떠오르지 않는지 팔짱을 끼더니 고개를 옆으로 돌려버렸다.

*

경찰서에서 나온 진선은 약국으로 가 진통제를 구입해 급하게 입안에 털어 넣었다. 이건 다른 살인 사건들과 달랐다. 제보의 대부분은 헛소리고, 법의학적 증거들은 오히려 혼란만 가중시켰다. 완전히 다른 접근이 필요했다. 범인의 뒤를 추적하는 것이 아니라 범인을 앞질러 갈 수 있는 새로운 방법이……

대체 어떻게?

뚜렷한 대책도 없이 상황만 험악하게 만들어놓은 게 아닌가, 하는 자책이 뒤늦게 진선의 머리통에 떨어졌다. 그녀

는 약국 문을 열고 나오면서 진통제 한 알을 더 입안에 넣
고 씹어 먹었다. 일단 두통이 가셔야 생각이라는 걸 할 수
있을 테니까.

다
해
|
2023

왜 경찰이 되고 싶은지 질문을 받을 때마다 다해는 고리타분하고 정석적인 대답을 내놓곤 했다. 정의 사회 실현을 위해서. 세상을 혼란과 무정부 상태로 몰아넣는 범죄자들을 때려잡는 '프로'가 되고 싶다고.

형사로 5년 동안 일하면서 다해는 사건의 내막과 인간의 본성은 그녀가 생각했던 것보다 훨씬 복잡하고 난해하다는 것을 배웠다. 소사체 연쇄살인 사건은 지금껏 그녀가 맡았던 어떤 사건보다 더 그랬다. 사건의 동기만 짐작할 수 있을 뿐 용의자를 특정할 단서를 단 하나도 찾을 수 없었다.

네 번째 피해자 차승민 가족의 제보 전화를 누락시킨 사람은 다해였다. 본부장 태준이 닦달했을 때 다해는 어찌할 바를 모르고 있었다. 사실을 고백해야 하나 망설이고 있을 때 진선이 나서준 것이다. 언쟁하는 두 사람 사이에 어정쩡하게 서서 손을 들려고 할 때 진선이 그녀를 향해 하지 말라고 눈짓했다. 다시 한번 확인을 위해 진선과 눈을 맞췄지만 진선은 또 한 번 눈짓을 하고는 태준에게 맞섰다.

그래. 그게 꼭 지금일 필요는 없다. 언론과 대중의 욕받이가 되는 것보다 팀에 남아서 범인을 잡는 데 기여하는 게 낫지 않을까?

다해는 어지러운 마음을 추스르고 사진 자료들을 살펴봤다. 기묘한 소사체로 발견된 피해자들을 처음 봤을 때 그녀의 머리에 가장 먼저 떠오른 것은 어렸을 때 돋보기를 가지고 개미를 태워 죽였던 일이었다. 누군가 거대한 돋보기를 가지고 악한 자들을 태워 죽이고 있는 것만 같았다.

아니다. 이런 식의 접근은 수사에 아무런 도움이 되지 않을 뿐만 아니라 경찰로서도 부적절한 생각이다. 피해자는 피해자일 뿐이다. 범죄의 동기나 그 과정에서 참작할 만한 사유가 있는지 감안하는 것은 재판부의 일이지 경찰의 일이 아니다. 그녀는 누락된 제보 전화들을 다시 한번 살펴보기로 했다. 한 번은 어떻게 넘어갔지만 두 번째는 그럴 수 없을 테니까.

수도 없이 많은 사람들이 자신이 타깃이 될 것이라고 말했고, 그 근거로 제시하는 이야기들은 비슷비슷하게 역겨웠다. 가만히 앉아서 그런 이야기들을 듣고 있으면 현기증이 일었다. 여성으로 태어났어도 운 좋게 *나쁜* 일을 겪은 적이 없다고 생각하고 살았음에도 대낮에 길에서 누군가 휘파람을 불거나 미팅에서 남자들이 가슴만 뚫어져라 쳐다보는 일을 당했던 기억, 초등학생 때 그녀를 꼭 봉고차 앞자리에 앉히곤 허벅지를 더듬던 컴퓨터 학원 원장의 얼굴 같은 것들이 불쑥불쑥 떠올라 겹쳐졌다. 그런 일로 *트라우마* 같은 걸 겪은 적이 없다고 생각했는데, 그렇게 간단히 무시하고 넘어갈 일이 아니었는지도 모르겠다. 다해는 갑자기 이 연쇄살인에서 가장 이상한 점은 어쩌면 더 빠르게, 더 많은 살인이 벌어지지 않은 점일지도 모른다는 생각이 들었다.

"지금 포털에 뜬 속보 확인해 봐."

외출했던 진선이 자리로 돌아오며 말했다. 다해와 윤오는 동시에 핸드폰을 집어 들었다.

"치료감호소에서 살인범 하나가 탈주했는데, 강정국 아들 강대한이야."

다해는 포털에 뜬 속보를 클릭했다.

*

169

[속보]치료감호소서 입원 치료 받던 살인범 도주

대전의 한 병원에서 입원 치료를 받던 치료감호 수용자가 도주했다. 16일 공주치료감호소 등에 따르면 이날 오후 11시 14분께 대전의 한 병원에서 돌발성 난청으로 입원 치료를 받던 강대한(33) 씨가 도주했다.

강 씨는 2018년, 헤어진 여자 친구를 스토킹하다 살해한 혐의로 징역 3년과 치료감호를 선고받고 공주치료감호소에서 치료감호 집행 중이었다.

공주치료감호소는 경찰과 함께 검거 전담반을 설치하는 한편 전국 경찰에 강 씨를 공개 수배했다. 강 씨는 키 175cm에 몸무게 80kg. 쌍꺼풀이 없는 눈에 서울말을 쓰며 도주 당시에는 회색 반소매 티에 환자복 하의를 입고 있었다.

강 씨를 목격한 사람은 공주치료감호소나 112로 신고하면 된다.

강 씨는 감호소 벽 안에서 쥐나 새가 우는 소리가 들린다며 고통을 호소했고, 이로 인해 편두통, 현기증, 균형 감각 상실 등의 증상을 보여 입원 치료를 받았던 것으로 알려졌다.

탈출 당시 병원 복도 CCTV 화면에 찍힌 강 씨의 모습을 본 누리꾼들은 "뭔가를 보고 놀란 것 같다." "조력자가 있는 것 아닐까." "꼭 겁에 질려 도망치는 것 같다." "화면에 바람처럼 지나가는 건 뭐지." 등의 반응을 내놓았다. 일부 누리꾼들은 돌발성 난청을 겪고 있던 강 씨가 환시를 봤을 가능성 등을 제기했으나 치료감호소 측과 경찰은 수사에 도움이 되지 않는 불필요한 추측을 자제해 줄 것을 당부했다.

한편, 강 씨가 살해한 피해 여성의 어머니 역시 딸의 장례 이후 행방이 묘연해 주위의 안타까움을 사고 있다.

김관식 기자

*

　다해는 핸드폰을 든 채 펼쳐진 수첩을 내려다봤다. 강대한은 자신이 소사체 살인 사건의 다음 타깃이 될 것이 분명하다며 여러 차례 수사본부로 전화를 걸어왔다. 범인이 밤마다 자신을 찾아와 죽일 거라고 말하고 있다는 등 횡설수설했지만 소사체 연쇄살인의 피해자 강정국의 아들이라는 점 때문에 기억에 남아 있었다.

　지금까지 피해자들은 모두 실종 신고가 되고 며칠 뒤 소사체로 발견됐다.

　"일단 가면서 얘기하자."

　진선이 외투를 집어 들며 말했다.

　"네."

　다해와 윤오가 대답했다. 다해는 수첩과 핸드폰을 챙겼다. 한 번은 어떻게 넘어갔지만 두 번째는 그럴 수 없을 것이다. 아찔한 예감이 그녀의 뒤통수를 훑고 지나갔다.

금홍

—

2023

어린아이가 배우지 않아도 어미의 젖을 빨고, 때가 되면 일어나 앉고 걸음마를 떼며 인간다운 모습을 갖춰가는 것처럼 나는 내게 주어진 새로운 삶을 이해했고, 빠르게 적응했다. 모든 감각이 전력을 다해 놈을 찾아냈다.

나는 밤마다 치료감호소에 있는 놈을 찾아가 놈의 잘못이 무엇인지 샅샅이 알려줬고, 놈을 저주했으며, 놈이 앞으로 어떻게 인생을 끝내게 될 것인지 말해줬다.

참다운 판결과 선고를 끝낸 뒤, 나는 크게 말아 쥔 주먹으로 놈의 얼굴을 가격했다. 놈은 충격으로 잠시 정신을 잃었다가 깨어났고, 자신이 당한 일이 꿈이 아니라는 사실을 깨닫고는 겁에 질려 비명 한 번 제대로 지르지 못한 채 도망쳤다.

깜빡, 깜빡, 시야가 흐려지더니 눈앞에 얇은 막이 쳐졌다. 그리고 그 막 너머로 언뜻, 정야가 보였다. 나는 눈을 감았다 떴다. 정야가 틀림없었다. 죽기 전에 본다는 주마등 같은 게 아닐까.

어쩌면 정야가 나를 데리러 온 것일지도 몰랐다. 무릎을 짚고 앉아 있는 정야의 얼굴에서 눈물이 뚝뚝 떨어졌다. 가슴이 덜컥 내려앉았다. 성인이 된 뒤로 정야는 내게 우는 모습 같은 걸 보인 적이 없었다. 눈물을 훔치는 정야의 손목이 얼룩덜룩했다.

순간 그날 저녁, 정야의 손을 꽉 움켜잡은 채 뒤로 밀치던 놈의 두툼한 손이 섬광처럼 스쳐 지나갔다. 그런 식으로 몇 번이나 잡혔던 것일까. 나는 잘못한 것도 없이 서럽게 우는 정야의 목소리를 들으며 놈을 쫓아가 평생, 한번도 가져본 적 없는 악력으로 놈의 손을 움켜잡고 손목뼈를 부러뜨렸다.

놈은 찢어질 듯 비명을 지르며 엉엉 소리를 내어 울었다. 나는 목을 한번 만졌다. 목구멍에 뭔가가 걸린 느낌이었다. 목청을 가다듬으려다가 울음이 터져 나오려는 걸 알아챘다. 꾹 삼키고 정신을 가다듬었다.

으스러진 손을 다른 손으로 움켜잡은 채 정신없이 도망치는 놈의 뒷모습이 보였다. 그 순간 진정한 분노, 감히 신성하다고까지 표현할 수 있는 분노가 가슴 깊은 곳에서 솟구쳤다.

펄펄 끓는 듯한 충격이 치밀어 올라 마치 나를 지상에

서 들어 올리는 것처럼 느껴졌다.

울 때가 아니다. 아직은.

진
선
|
2023

    기사에 링크된 CCTV에는 강대한이 눈에 보이지 않는 무언가에 쫓기는 듯한 모습이 찍혀 있었다. 환청이 들리는 듯 도망치면서도 귀를 막거나 머리를 때리는 모습도 볼 수 있었다. 강대한의 아버지 강정국도 살해되기 전 환청으로 치료를 받은 적이 있었다. 유전인가? 아니면 같은 '자극'에 노출된 결과일까? '일부 누리꾼'이 말하는 '화면에 바람처럼 지나가는 것'은 아무리 봐도 노이즈 같았다. 치료감호소의 담당 의사는 강대한이 피해망상으로 치료를 받은 지 좀 됐다고 했다.

    윤오가 운전하는 차 안은 조용했다. 일단 공주로 내려가 보자고 했지만 진선은 강대한의 탈주가 소사체 연쇄살인과 연결점이 있다는 확신은 없었다. 얼마 전 뚫린 철조망 사이로 사람이 드나들며 담배를 밀반입했던 문제로 한바탕 곤욕을 치른 치료감호소는 수용자의 탈주로 또 한 번 강력한 비난의 대상이 됐다.

"네 번째 피해자 차승민은 서울지법에 있다가 지난해 울산으로 갔고, 서울에 있을 때 두 번째 피해자 박정철이 변호사로 입회한 재판에 몇 차례 함께한 적이 있습니다."

운전대를 잡은 윤오가 말했다.

"강대한 재판도 그중 하나였고 당시 강대한의 변호를 맡았던 변호인단 중 하나가 박정철입니다. 강대한의 아버지 강정국이 직접 선임했고요."

"음."

윤오의 목소리는 상기되어 있었지만 진선은 말을 아꼈다. 처음으로 피해자들 간에 부분적이나마 연결점이 생겼다. 보조석에 앉은 진선은 백미러로 뒷자리에 있는 다해를 힐끗 바라보았다. 다해는 초점이 없는 눈으로 창밖을 응시한 채 골똘히 생각에 잠겨 있었다.

(김종구, 이중용 등 다른 피해자들과의 연관성은 일단 괄호 안에 넣어두고 생각해 본다면) 범인은 강대한 사건과 연관이 있는 사람일까? 어떤 식으로든 치료감호소에 있는 강대한을 자극할 수 있는 사람이라면 경찰 관계자가 아닐까? 증거를 하나도 남기지 않을 수 있었던 것도 그래서인가? 쉽게 처리하자고 들면 살인은 간단한 일이다. 하지만 범인은 피해자를 전지가위로 찌르고, 피를 마신 뒤 소사체로 만들었다. 단지 자신만의 의식에 집착하는 편집증적인 사이코패스인가? 실

종 후 사체로 발견되기까지 보통 2, 3일이 걸렸다. 그동안 다른 고문을 하거나 듣고 싶은 이야기가 있었던 것은 아닐까? 천천히 고통스럽게 죽어가는 피해자를 바라보며 변태적 쾌락을 즐기는 것인가? 그동안 긁어모은 단편적인 생각들이 진선의 머릿속에서 한데 이어지려고 발버둥 치며 준동하고 있었다.

*

병원 인근과 강대한의 보호자인 어머니, 지인들의 집 주변을 중심으로 수색 작업을 하고 있던 치료감호소와 관할서 경찰들은 진선과 형사들의 등장에 미적지근한 반응을 보였다. 이것이 소사체 연쇄살인 사건과 연관된 일인지, 그렇다면 자신들에게 면피할 명분이 주어지는지, 아니면 오히려 더 큰 짐을 지게 될 것인지, 정신없이 계산하는 얼굴들이었다. 이태준 본부장은 일단 사건에 소사체 연쇄살인 특별수사본부가 개입했다는 것을 비공개로 해둘 것을 지시했다.

"범인은 지금까지 목격자나 CCTV가 없는 곳을 범행 장소로 택했습니다. 멀리 가진 않았을 겁니다. 이 근처를 범행 장소로 물색했을 가능성이 높아요. 병원 인근 공사장

이나 빈 건물, CCTV 사각지대를 중심으로 수색 계속 하
시죠. 저희들도 합류하겠습니다."

　진선이 관할서 책임자인 신민철 형사와 인사를 나눈 뒤
말했다.

금
홍
—
2023

  나는 산속에 덩그러니 서 있는 판잣집으로 놈을 끌고
갔다. 며칠 전부터 눈여겨본 곳이었다. 드문드문 깨진 천장
으로 햇빛이 들어와 창문을 굴절시켰다. 음산한 내부
엔······.

  책상.

  접이식 의자들.

  벌거벗은 더러운 마네킹들.

  아무렇게나 찢어져 훌렁거리는 천 조각들.

  실내에는 곰팡내가 풍긴다.

  아주 오래전의, 다른 시대로 온 것만 같다.

  나는 놈을 번쩍 들어 집어 던졌다. 육중한 놈의 몸이
낡은 책상을 반파하며 바닥으로 떨어졌다. 나는 놈의 목을
한 팔로 단단히 압박한 뒤 다른 팔로 오랫동안 주머니 속
에 품고 다녔던 전지가위를 꺼냈다. 꽃과 나무를 좋아하는

내게 정야가 첫 아르바이트 월급을 받아 사준 것이었다. 경찰서에서, 법정에서, 몇 번이나 놈을 죽일 수 있는 기회가 있었지만 한 번도 꺼내지 못했다.

식은땀으로 축축하게 젖은 놈의 몸에서 불규칙적인 숨소리가 뿜어져 나왔다. 놈은 격렬하게 몸부림치며 내 손아귀에서 벗어나려 했다. 놈의 목을 짓누르고 있던 내 팔에서 핏줄이 불거져 나왔다. 나는 무쇠처럼 단단해진 팔로 놈을 압박했다. 안간힘을 쓰며 발버둥 치는 놈의 목에 마침내 전지가위를 쑤셔 넣고 무참히 도륙하는 동안 내내 머리에 칼처럼 쑤셔 박혀 좀처럼 빠지지 않던 두통이 조금씩 희미해졌다.

"어떻게 된 거지?"

놈이 물었다.

"아니, 어떻게 한 거야?"

놈의 눈이 탐욕스럽게 번뜩였다. 나는 죽어, 썩어, 비통함 속에서 다시 깨어났던 순간들을 되뇌며 놈의 목 깊숙이, 더 깊숙이 가위를 쑤셔 넣었다.

*

"잘못했어요. 제발 살려주세요."

180

참혹한 고통 속에 무릎을 꿇은 채 내게 울며 목숨을 구걸하던 놈은 이제 악에 받쳐 욕을 하며 사납게 비명을 질러댔다.

"이런다고 죽은 년이 살아 돌아와?"

놈이 내지른 질문에 눈앞이 침침해졌다. 그럴 수 없으므로. 단 한 사람이 빠져나간 세상의 결락을 그 어떤 것도 채워줄 수 없으므로. 현실도 비현실도 아닌 세상에서 나는 자꾸만 희망을 품고, 그것이 헛된 희망이라는 것을 알기에…… 너를 죽이고 나를 죽여 이 세상을 결딴내려는 것임을 너 같은 놈은 절대 알 수 없겠지.

나는 놈의 목에 꽂힌 전지가위를 고쳐 잡았다. 놈은 이미 해서는 안 되는 말을 너무 많이 했다. 나를 먼저 죽였어야 했다고, 내 목을 먼저 그었어야 했다고, 후회하며 발악하는 놈과 바닥을 구르며 육탄전을 벌였다. 판잣집 내부의 물건들이 가차 없이 부서졌고, 놈의 살과 뼈가 어처구니없을 정도로 쉽게 찢어지고 부러졌다. 사정없이 흩뿌려지는 놈의 피를 보면서 나는 허탈한 슬픔을 느꼈다. 공포에 휩싸인 놈은 몸에 뚫린 모든 구멍에서 온갖 분비물들을 쏟아내기 시작했다.

"다른 사람들은 왜 죽인 거야? 영웅이라도 되고 싶은 건가?"

놈은 울컥울컥 목구멍을 타고 올라오는 피를 쏟으며 내게 물었다. 온몸을 옥죄는 공포와 혼란 속에서도 머릿속이 바삐 움직이는 표정이었다. 하지만 무슨 소린지 알 수 없는 이야기였다. 지금껏 살아오며 누굴 죽일 수 있다는 생각도, 영웅 같은 게 되고 싶다는 생각도, 해본 적 없었다. 그 비슷한 시도조차 한 적이 없었다. 어쩌면. 그것이. 문제였을까……. 그래서 정야를 잃은 것일까. 놈을 죽이기 위해 뭔가가 되어야 한다면 이제 나는 영웅이든 악당이든, 그 무엇이든 기꺼이 감당할 각오가 되어 있다.

나는 손을 휘저어 놈의 질문을 일축한 뒤 주먹으로 놈의 얼굴을 정신없이 때렸다. 놈의 배를 걷어차자 놈은 허파에서 숨을 토해내며 바닥을 뒹굴었다. 나는 놈을 일으켜 세웠고, 구역질 나는 체취가 진동하는 놈의 목에 이를 밀어 넣고 목을 축였다. 놈의 뜨거운 피에서 놈이 느끼는 분노와 공포, 무력감이 고스란히 전해졌다. 놈은 울분을 풀길이 없는 듯 작게 머리를 흔들 뿐이었다. 나는 고개를 들어 하늘을 올려다봤다.

기이한 침착함이 나를 감쌌다.

이상하게도 평온한 기분.

보고 있니, 정야야?

해가 떠오를 준비를 하며 하늘이 창백하게 밝아오고 있었다. 이제 놈이 나와 같은 존재로 다시 깨어나기 전에, 놈을 끌고 해가 뜨는 곳으로 가서, 놈과 함께 소멸할 것이다.

나는 이 일을 위해 **다시** 태어났고, 해야 할 일을 마쳤으므로 기꺼이 죽을 준비가 되어 있었다.

가슴이 벅차올랐다.

생각이 파편으로 부스러지고 어지러이 들끓는 가운데 딱 한 가지 분명한 것은, 내가 곧 온 일생을 통틀어 가장 황홀한 일출을 보게 될 것이라는 거였다.

윤
오
|
2023

누군가 윤오에게 요즘 상태에 대해서 묻는다면 '악몽을 꾸고 있는데 깨어날 수 없는 것 같은 기분'이라고 대답할 수 있을 것이다.

대체 무슨 일이 일어나고 있는 거야?

모든 것이 아리송했다. 끔찍한 꿈에서 깨어나기 위해 발버둥 칠수록 온몸에 생채기가 나는 것 같았다. 자료를 볼 때마다 말로 표현할 수 없는 슬픔 같은 것이 가슴 언저리에서 꾸물거렸고, 자료가 쌓여갈 때마다 차곡차곡 가슴 한편에 쌓였다. 도저히 맞춰질 것 같지 않은 퍼즐이 맞춰져 마침내 범인의 실체를 마주하게 되면 쌓여 있던 슬픔이 봇물처럼 그의 온몸을 부수고 터져 나올 것만 같았다.

문득문득 걷잡을 수 없이 뜨거운 무언가가 치밀어 올라 자신도 모르게 눈시울이 붉어졌다. 뚜렷한 이유도 없이 불안하게 흔들리는 마음이 스스로 생각하기에도 우스웠다. 이런 것을 그가 그토록 궁금해했던 '형사의 감'이라고 할 수도 있을까. 아니. 오히려 부적격하고 부적절한 자질로 판단될 것이다. 이럴 때일수록 정신을 똑바로 차려야 한다. 애초에 '감'은 온갖 생각과 기억의 집합이며 단 하나의 결정적 사실로 무너질 수 있는 애매하고 변덕스러운 것일 뿐이다.

중요한 것은 원칙과 구체적인 증거, 그리고 사실이다.

*

'살아만 있어라.'

그렇게 되뇌며 시작된 수색이 밤늦게까지 이어졌다. 시간이 지날수록 모두 지치고, 예민해졌다. 강대한의 어머니 쪽에서는 연락을 받은 것이 없었고, 몇 없는 친구들도 마찬가지였다. 지금까지 발견된 피해자들로 보아 예상컨대 강대한은 이미 전지가위에 목을 찍히고 피도 빨렸을 것이다. 윤오는 어딘가에 불태워진 채 엎드리고 있을 강대한의 시체를 찾고 있었고, 아마 다른 사람들도 마찬가지일 것이라고 생각했다.

윤오의 눈꺼풀 안쪽 붉은 피부에 소사체로 발견된 피해자들의 모습이 떠올랐다. 입안에 플로랄 폼을 문 채, 무릎을 꿇고 기도하는 자세로 까맣게 불타 죽은 사람들……

그들이 생의 마지막 순간, 구하고 싶었던 것은 무엇이었을까?

비현실적으로 느껴질 만큼 커다란 보름달이 희미해지고, 해가 떠오를 준비를 하고 있었다. 윤오는 띄엄띄엄 거리를 둔 채 새벽이슬에 젖은 산속을 수색하고 있는 사람들을 봤다. 하나둘, 들고 있던 손전등을 끄기 시작했다. 눈이 뻑뻑했다. 긴장 속에 밤을 새운 탓인지 꼭 술에 취해 누군가 틀어놓은 재미없는 영화를 보고 있는 것 같은 기분이 들었다.

"저기 뭔가 있습니다."

안쪽에서 누군가 달려오면서 말했다. 숨이 차서 헐떡이고 속삭이는 듯한 목소리였지만 사위가 조용해서인지 또렷하게 들렸다. 흩어져 있던 사람들이 숲속에 덩그러니 놓인 판잣집 쪽으로 모였다. 핏방울로 얼룩진 창문 너머로 시꺼먼 그림자가 어른거렸다.

진선이 선두를 지휘했다. 가까이 붙은 서로에게서 나는 시큼한 땀 냄새 속에서 윤오는 또다시 물속에 있는 것처럼 비현실적인 느낌이 들었다.

진선이 몸을 낮추고 문 쪽으로 다가섰다. 윤오는 마른침을 삼키며 손에 쥔 총을 다시 한번 움켜잡았다. 일시 정지 버튼이라도 눌린 것처럼 모두의 표정과 움직임이 굳었다. 시간을 양쪽으로 가르는 듯한 짧은 공백이 있었다.

그리고, 문이 열렸다.

다
해
|
2023

다해는 심장이 고동치기 시작하는 걸 느꼈다. 뜨거운 피가 온몸으로 퍼지며 피부가 따끔거리고 귀에서 윙윙 울리는 소리가 났다. 여러 명의 사람들이 누렇게 시든 풀을 밟는 소리밖에 들리지 않았다. 빨리 끝내고 싶었다. 모두가 영혼까지 지친 상태였다. 무장한 경찰 이십여 명이 판잣집을 둘러쌌다. 나중에 밝혀진 사실인데, 산속에 덩그러니 놓인 판잣집은 의류 도매업자가 창고로 쓰던 곳으로, 업자가 도산한 뒤 그대로 방치된 곳이었다. 조심스럽고도 신속한 움직임이 조금씩 사그라들자 진선이 눈짓했다.

몸을 낮춘 진선이 문 가까이로 다가갔다. 작은 창문은 검붉은 핏자국으로 얼룩져 있었다. 다해는 몸을 한껏 더 곧추세우고 어깨를 뒤로 젖혔다.

그리고 문이 열렸다.

천망회회소이불실(天網恢恢疎而不失).

하늘의 그물은 크고도 넓어서 성긴 듯하지만 결코 놓치는 법이 없다.

노자의 《도덕경》에 나오는 말로, 진선이 좋아했던 말이다. 경찰로서 부적절한 생각인지도 모르겠지만 어쨌거나 경찰로 몇 해를 살아온 지금은 절반만 믿었다. 하늘의 그물은 크고도 넓어서 성기다는 것까지만.

진선은 수색을 시작하면서 CCTV 화면 속 강대한의 모습을 몇 번이나 돌려 봤다. 그는 보이지 않는 무엇인가와 싸우며 도망치고 있었다. 소리를 지르며 뭔가를 항변하는 듯 보이기도 했다. 목소리는 들리지 않았지만 고통스럽게 쉬어 있었을 것이다. 말하는 동안 누가 그를 주먹으로 계속 내리치기라도 한 것처럼. 진짜 거짓말쟁이는 자기 스스로도 속이고, 진짜 겁쟁이는 자기 그림자를 보고도 도망치는 법이다.

담당 의사는 범인이 어떤 식으로든 실제로 강대한에게 접근해 그를 도발했을 가능성에 대해 회의적이었다. 하지만 아버지의 죽음, 자신이 저지른 죄에 대한 죄책감과 자기 연민, 자신을 담당했던 변호사에 이어 판사까지 같은 방식으로 살해되었다는 점이 트리거가 됐을 것이라고 했다. 그러니까, 강대한이 소사체 연쇄살인범의 타깃이 되었기 때문에 살해의 위험으로부터 도망친 것이 아니라 반대로 환청과 환각에 시달리다 보호감호소에서 탈주한 강대한이 타깃이 되었을 가능성은 있다는 것이 담당 의사의 의견이었다.

이태준 본부장은 일단 표면적인 상황에 집중하라고 했다. 실종된 강대한을 찾고 난 뒤에 그 다음을 생각해 보라는 것이었다. 머릿속에서 더듬더듬 반론을 생각해 보는 동안 갑자기 어떤 기억이 떠올랐다. 어렸을 때 엄마가 잠자리에서 그녀의 머리칼을 쓰다듬으며 중얼거리곤 했던 기도문.

하나님, 우리에게 바꿀 수 없는 것은 받아들일 수 있는 평온함을, 바꿀 수 있는 것은 바꿀 수 있는 용기를, 그리고 이 둘의 차이를 알 수 있는 지혜를 주시옵소서.

엄마의 도움 없이도 잠들 수 있을 때까지 진선은 그 기도문을 들으며 잠이 들었다. 엄마와 같이 자지 않아도 괜찮을 만큼 컸을 때도, 아마도 엄마는 진선의 옆방에서, 진선의 곁 어딘가에서 계속 그렇게 기도했을 것이다.

하지만 진선은 평온함도, 용기도, 지혜도 받지 못했다. 아무것도 얻지 못한 자는 그저 눈앞에 있는 일, 해야만 하는 일만을 할 수 있을 뿐이다.

긴장과 피로로 눈두덩이가 욱신거렸다. 자잘한 생각들이 잿더미에서 타올라 꺼지지 않고 반짝였다. 그녀는 불필요한 경우의 수를 지우고 차분하게 생각을 정리하고자 애썼다.

"저기, 뭔가가 있습니다."

넋이 나간 것처럼 붕 뜬 목소리가 들려왔다.

＊

무장한 수색조 전원이 낡은 판잣집을 에워쌌다. 핏자국으로 얼룩진 창문 뒤로 검은 그림자가 어른거렸다. 진선은 침을 삼켜보려 했지만 입안이 바싹 말라 있었다. 터진 입술에서 피가 베어 나왔다.

쌉쌀한 피의 쇠 맛.

그녀는 옆구리 주위가 뜨거워지고 피가 빠르게 돌며 몸

안에서 무언가 거무스름한 기운이 퍼지는 것을 느꼈다.

그리고 문을 열었다.

벌컥 문이 열리는 소리에 눈을 떴다. 나는 고개를 들고 주위를 살폈다. 숲은 완전히 고요했다. 바람 한 점 없었다. 잠깐 눈을 감고 있는 사이 꿈을 꿨다. 정야가 나를 보고 있었다. 구겨지고 체념한 듯한 얼굴로 나를 한참 쳐다보던 정야가 문을 열었고, 나갔고, 문이 닫혔다.

미안하다, 정야야.

머리엔 온통 그 생각뿐인데, 어쩐 일인지 말이 나오지 않았다. 뭔가가 목구멍을 틀어막고 있었다. 아니, 누군가 목을 조르고 있는 것만 같았다. 얼굴엔 군데군데 감각이 없었다. 사과를 하든, 용서를 구하든 해야 정야를 잡을 수 있을 것만 같았는데.

꿈에서 본 정야의 잔상이 나를 에워싸고, 내 어깨를 두드렸다. 판잣집에서 놈을 끌고 나와 죄 잎이 떨어져 앙상한 모양새지만 줄기만은 튼튼해 뵈는 나무에 놈을 거꾸로 매달았다. 완전한 항복의 자세로 두 손을 치켜든 채 매달린 놈의 입에서 한숨 같은 탄성이 터져 나왔다. 차라리 숨통이 완전히 끊어지길 바랄 테지만 그조차 뜻대로 되지 않을 것이다. 경동맥에서 뿜어져 나온 붉고 뜨거운 피가 놈의 얼굴을 온통 뒤덮고 바닥으로 뚝뚝 떨어져 고였다. 놈은 이제라도 누군가 자신을 구해주길 바라며 소리를 치려 했으나 색색거리는 불쾌한 숨소리만 목구멍을 긁고 쏟아질 뿐이었다.

*

해가 뜨지 않으면 어떡하나. 정야가 죽고 나서도 하루도 빠짐없이 성실하게 떠오르던 해가 오늘만큼은 뜨지 않으면 어떡하나. 원망 어린 걱정을 하고 있을 때 어둠을 깨고 해가 떠오르기 시작했다.

정야야. 조금만 기다려라. 내가 간다.

눈에서 진액 같은 눈물이 끈적끈적하게 새어나왔다. 타이머를 맞춰놓기라도 한듯 샛노란 태양이 슬금슬금 모습을 드러냈고, 햇빛이 날카롭게 벼려진 칼날처럼 구름 사이로 자디잔 빗금을 새겨 넣으며 쏟아져 내렸다.

놈의 피부가 지독한 냄새를 풍기며 타들어갔다. 놈은 자신에게 닥친 운명을 거부하려는 헛된 시도를 하며 몸부

림쳤고, 참혹한 고통 속에서 추하게 소멸했다. 나는 꼼짝도 하지 않고 놈이 지옥 불에 불타며 악을 쓰고 미쳐 날뛰는 모습을 뜬눈으로 지켜봤다. 온통 피범벅이 되어 흰자위가 도드라진 얼굴부터 덜덜 떨리다 뭔가를 할퀴기라도 한 것처럼 바짝 오므라져버린 발가락 끝까지 모두 불에 그을려 새까맣게 뒤덮였다. 그제야 주위가 조용해졌고, 뒷맛이 씁쓸한 분노와 슬픔이 밀려왔다.

이제 내게도 같은 고통이 닥칠 거였다.

"정야야······."

이제는 도무지 내 것 같지 않은 목소리가 허공에 흩어졌다. 나는 격렬한 상실감에 휩싸였다.

슬픔도 고통도 아닌, 그보다 더 원초적인 감정.

"정야야. 정야야······."

나는 영영 되찾을 길 없는 내 인생의 사랑의 이름을 부르며, 빛 속으로 천천히 걸어 들어갔다.

그러자 이상한 일이 벌어졌다.

먼저는 땅이 멀어졌다. 그리고 모든 것이 내게서 멀어지고 있다는 혼란스러운 감각이 온몸을 휘감았다. 몸이 진동하면서 속이 메스꺼워졌고, 눈앞의 풍경들이 하나둘 지워졌다. 몸에 온기가 퍼졌다. 한동안 느끼지 못했던, 정확히 뭐라고 말할 수 없는 기운이었다. 세상이 빙글빙글 돌고 안팎이 뒤집혔다. 시야가 극단적으로 밝아졌다가 어두워지며 깜빡거리다 곧 눈이 멀 것 같은 어둠이 덮쳤다.

윤
오
|
2023

　문이 열렸을 때 가장 먼저 윤오의 안면을 강타한 것은 피비린내였다. 어둑어둑한 실내는 반파된 책상, 의자, 마네킹과 적재물들로 어수선했다. 1.5층 정도 높이의 건물 벽과 바닥은 온통 피로 얼룩져 있었다. 진선을 선두로 하나둘 입구에 발을 들인 형사들은 내부에 아무도 없다는 것을 확인했다. 창가에 어른거리던 그림자는 적재물에 기댄 채 쓰러진 마네킹과 그 머리 부분에 걸려 힘없이 나풀거리는 누런 천이었다.

　범인을 대면할지도 모른다는 기대와 흥분은 부풀었던 속도보다 빠르게 꺼져버렸다. 모두가 눈썹을 축 늘어뜨린 채 입을 다물고 있었다. 누군가 뭐라도 말해주기를 바라는 것 같았지만 정작 윤오 자신부터도 무슨 말을 해야 할지 알 수 없었다. 처음 몇 분 동안은 마치 몇 장의 스냅사진을 보는 듯했다. 잠깐의 암흑이 지나자 카메라 렌즈의 초점이 맞춰지듯 시야가 바늘구멍 크기로 일그러졌다가 다시 활짝 열렸다.

가장 먼저 정신을 다잡은 진선이 전화로 수색 지원과 감식반을 요청했다. 현장 보전을 위해 모두가 물러서고 진선과 관할서 팀장인 신민철만 조심조심 안으로 들어섰다.

"대담하다고 해야 할지, 무식하다고 해야 할지."

신민철이 입을 열었다. 그는 두꺼운 팔을 교차해 가슴팍에 엉성한 자세로 팔짱을 낀 채 말했다.

"범행 흔적을 지우거나 은폐하려는 시도가 전혀 없군요."

진선은 손전등을 켜고 벽 쪽에 튄 핏자국을 보고 있었다. 모두 피해자의 피일까?

"오피셜 코멘트는 아닙니다. 정확한 건 감식반이 자세히 조사를 해봐야겠지만 벽면과 천장에 튄 혈흔의 방향과 모양으로 짐작건대 범인은 키가 2m 이상으로 크고 민첩해요."

신민철은 말을 하면서 머릿속에 떠오르는 광경들을 멍하니 바라보는 것 같은 표정을 지었다. 그는 손전등 불빛을 벽 윗면과 천장으로 옮기며 면밀히 살펴보더니 혼잣말을 하듯 작게 덧붙였다.

"날아다닐지도 모르겠어요."

영
순
—
2023

"무섭지 않아?"

국립 법무병원에서 청소부로 일하는 영순에게 사람들이 가장 많이 묻는 질문이다. 그녀가 일하는 곳에는 범죄자, 그것도 대부분은 강력 범죄를 저지른 사람들이 입원해 있다. 폭언과 폭행은 물론 성희롱을 당하는 일도 다반사다. 하지만 병원 밖이라고 해서 다른가. 영순은 잘 모르겠다. 그녀는 육십 평생, 한 번도 다정하고 안온한 세상에서 살아본 기억이 없었다. 그래서 영순은 질문을 받을 때마다 대답을 얼버무리며 쓴웃음을 짓고 말았다.

병동에 있는 환자이자 수감자들 중 90%는 남성이다. 나머지 10%의 여성 환자이자 수감자들이 모여 있는 여성 병동에 그녀의 친구 혜자가 있다.

친구. 벗. 친하게 어울리는 사람. 혜자를 친구라고 불러도 괜찮을까? 가끔 영순은 생각했다. 혜자도 그녀를 친구라고 생각했을지 모르겠지만 아무리 생각해 봐도 영순에게 혜자는 태어나 처음 가진 친구였다.

두 사람은 20여 년 전, 결혼하고, 아이를 낳고, 서른이 넘어 각자 다른 이유로 초등학교 급식실에서 일하기 시작하면서 만났다. 혜자는 명랑하고 해사한 여자였다. 영순과는 완전히 다른 세상에서 살아온 사람 같았다.

혜자가 남편에게 맞고 살고 있다는 것을 알았을 때 영순은 어리둥절했다. 어떻게 그런 일이 벌어질 수 있는 걸까. 그녀는 혜자 같은 여자를 때리는 사람이 있다는 것도, 멍든 목덜미를 스카프로 가리면서도 언제나 해사하게 웃으며 바보 같은 농담을 건네는 혜자도 이해할 수 없었다.

*

혜자의 아버지는 어렸을 때 술에 취해 집으로 돌아오다 사고로 죽었다. 술만 취하면 가족들을 방 안에 무릎 꿇려 앉혀놓고 매질을 하던 아버지가 죽었을 때 혜자는 안도했다. 이제 인생에 더 이상 나쁜 일은 없을 것만 같았다. 중학교 수학 교사인 남편과는 지인의 소개로 만났다. 술 한 모금 마시지 못하는 조신하고 다정한 남자였기에 마음을 빼앗겼고, 짧은 연애 끝에 결혼했다.

조신하고 다정한 애인은 남편이 되자 병적인 의처증자

가 되었다. 전화벨이 세 번 울리기 전에 받지 않으면 수업을 하다가도 집으로 뛰어왔고, 혜자를 발가벗겨 팬티까지 뒤집어 봤다. 아이가 생겨도 마찬가지였다. 남편은 어떻게든 빌미를 만들어 울면서 혜자를 때렸다. 그녀는 맞아서 뼈가 부러지고 피부가 찢어지는 것은 자신인데 대체 왜 때리는 자가 우는 것인지 알 수 없다는 생각을 했고, 그 때문에 그가 더 무섭고 끔찍했다.

고향의 친정 엄마와 아이는 볼모가 됐다. 남편은 다 죽여버리고 자신도 죽을 거라고 말하면서도 울었고, 혜자가 폭언과 폭행보다 더 견딜 수 없는 것은 바로 그 빌어먹을 울음이었다.

친정 엄마의 상을 치르고서야 이혼을 결심할 수 있었다. 아이가 열한 살이 됐을 때였다. 남편 몰래 차곡차곡 모아둔 폭행과 폭언의 증거들을 가지고 변호사를 만나 이혼을 요구했다. 남편이 아이의 친권과 양육권을 주지 않을 것 같아 겁을 먹었지만 막상 이혼 과정에 다다르자 그는 어처구니없을 정도로 두 가지를 모두 쉽게 포기했다. 모든 게 꿈만 같았다. 하지만 나쁜 기억은 사라지지 않았다. 땅속 깊이 묻어도 싹을 틔우고 고개를 들고, 바다 한가운데 던져도 파도를 타고 다시 되돌아왔다.

201

망가진 몸과 마음이 회복되기도 전에 전남편이 혜자와 아이를 찾아오기 시작했다. 사소하고, 이제는 더 이상 그와 아무 관련도 없는 일로 꼬투리를 잡아 벌컥벌컥 화를 내고, 울면서 그녀를 때리고, 폭언을 일삼았다. ……혜자는 집으로 찾아와 행패를 부리던 전남편을 식칼로 열일곱 번 찔러 살해한 혐의로 체포되었다. 체격 차이가 나는 전남편과 몸싸움을 하던 도중 머리를 다친 혜자는 열 살가량의 지능을 갖게 되었다. 변호사는 지속적인 스토킹과 폭력에 대한 정당방위를 주장했지만 찌른 횟수가 너무 많아 인정받지 못했다.

*

혜자가 창밖을 내다보고 있었다. 금방이라도 비가 쏟아질 듯 짙은 쥐색 구름이 비늘처럼 층을 이루고 있는 하늘 너머에 간절히 보고 싶은 무언가가 있는 것처럼. 사람은 죽으면 어디로 가는 걸까. 영순은 신이나 사후 세계를 믿지 않았고, 죽으면 그저 무(無)로 돌아가고 싶었지만 혜자를 만난 뒤로 믿고 싶어졌다.

"혜자야. 뭘 보고 있어?"

영순은 혜자의 곁으로 가서 물었다. 혜자는 구름 사이

로 햇빛이 쏟아지고 있는 숲을 보고 있었다. 돌연 혜자의 눈이 번뜩였다. 마치 눈 안쪽에서 불길이 검은 연기를 내며 타오르는 듯했다. 나중에 영순은 혜자가 보고 있던 그 시각, 숲속에서 탈주한 살인범이 살해되었다는 소식을 들었다. 그는 전 여자 친구를 스토킹하다 살해한 죄로 이곳에 수감되어 있던 자였다.

영순은 그때 혜자가 숲속에서 벌어진 일을 지켜보고 있던 것이 틀림없다고 생각했다.

*

영순은 가만히 혜자의 손을 잡았다. 혜자에게 수도 없이 물었지만 한 번도 듣지 못한 대답을 알 것 같았다.

혜자는 후회하지 않을 것이다.

혜자가 고개를 들어 영순을 올려다보더니 희미하게 웃었다. 차례차례 움직이듯 서서히 번지는 미소였다.

강대한은 피로 물든 판잣집에서 500m가량 떨어진 숲 속에서 소사체로 발견됐다. 지원 요청 인력과 함께 온 탐지견들이 나무에 거꾸로 매달린 강대한의 사체를 발견했다. 판잣집 인근을 수색하고 있던 다해는 다른 형사들과 함께 사건 현장으로 달려갔다. 거꾸로 매달린 사체엔 옷이 눌러붙어 있었고, 뻣뻣하게 굳은 얼굴은 고통으로 흉하게 일그러져 있었다.

감식반이 현장을 통제하고 나무에 매달린 사체를 끌어내려 방수포에 담고 현장을 감식하기 시작했다. 목에 전지가위로 찌른 상처, 피를 흡입한 흔적……. 기존의 소사체 살인 사건과 다른 점이라면 피해자의 입안에 플로랄 폼이 없다는 점이었다. 이게, 무슨 의미일까? 아니, 무슨 의미가 있을까?

공식적으로 소사체 연쇄살인의 다섯 번째 피해자가 나

타났다.

다해는 분주하게 움직이는 사람들 사이에서 그 자리에 못 박힌 듯 서 있었다. 봐서는 안 될 것을 보고 있는 것 같았다. 참혹한 사고 현장에 자꾸만 눈이 가는 끔찍하고 음침한 충동과 크게 다르지 않았다. 입 밖에 낼 수는 없었지만 형태가 고스란히 남은 소사체에는 눈을 떼지 못하게 하는 뭔가 심미적인 요소가 있었다. 모든 것이 불타 없어지고 비로소 진정하고 초라한 인간의 골조와 본성이 드러난 듯한, 완전히 잘못됐으며 동시에 완전히 끝내주는 느낌…….

다해는 현장을 살펴보고 있는 진선을 쳐다봤다. 진선의 얼굴에는 표정이 없었다. 기둥이 무너진 집처럼 표정 전체가 안으로 푹 꺼져 있었다. 범인은 판잣집에서 피해자를 전지가위로 1차로 가격, 치명상을 입힌 뒤 피를 빨고 500m나 떨어진 곳까지 끌고 왔지만 이번에도 지문이나 DNA 등 범인을 특정할 만한 흔적을 전혀 남기지 않았다. 윤오는 사체 앞에 쭈그리고 앉아 사체의 얼굴을 빤히 바라보고 있었다. 죽은 자에게 듣고 싶은 말이 있는 것처럼. 깊고 어두운 우물 안에 떨어뜨린 뭔가를 찾으려는 사람처럼.

넉 달여 만에 다섯 명의 피해자가 발견됐다. 범인을 잡을 수 있을까? 지독한 열패감이 그녀를 휩쓸고 지나갔다. 그는 언제까지 이 살육을 계속할 것인가? 수사본부는, 다해는, 앞으로 무엇을 더 할 수 있을까?

갑자기 펑, 하고 뭔가가 터지는 듯한 환청이 들리더니 켜켜이 쌓인 구름의 그림자가 다해의 머리 위로 내려앉았다.

"엄마!"

다해는 누군가 그렇게 부르는 소리를 듣고 주위를 둘러봤다. 정오를 지난 시각, 숲에는 햇빛이 무차별적으로 쏟아지고 있을 뿐이었다. 잘못 들은 것일까? 어디에도 그런 소리를 내지를 만한 사람이 보이지 않았다. 돌연 영혼까지 침투한 깊숙한 피로감이 밀려왔다. 어제부터 먹은 게 없어선지 속이 울렁거렸다. 갑자기 눈앞의 사람들이 슬로모션처럼 느리게 움직이며 이상한 침묵이 피어올랐다. 다해의 귀가 그 무게 때문에 먹먹해졌다. 그녀가 마지막으로 기억하는 것은 무릎이 흐물흐물해지면서 세상이 캄캄해졌다는 것이었다.

금
홍
—
1993

"엄마!"

어디선가 여자아이의 목소리가 들려왔다. 소리가 사방에서 메아리쳤다. 입덧을 할 때처럼 현기증이 나고 속이 울렁거렸다.

"정야냐?"

나는 힘껏 소리쳤다.

"정야야. 너냐?"

귀가 멀 것 같은 침묵만 돌아왔다. 잘못 들은 것일까. 환청일지도 몰랐다. 정수리가 찌릿찌릿했다. 나는 어디인지 모를 곳에, 죽은 것인지 산 것인지 알 수 없는 채로 퍼슬퍼슬 삭고 있는 오래된 시멘트 벽을 보고 누워 있었다. 정신을 차릴 수 없을 정도로 어지러웠다. 짚고 있는 벽이 끝도 없이 기울어지고, 기울어지며 빙글빙글 도는 것 같았다.

"엄마!"

잘못 들은 게 아니라면 내가 죽은 것이 틀림없었다. 더 이상 나를 그렇게 부를 사람이 여기, 이 세상에는 없으니까.

"정야냐?"

나는 손으로 벽을 짚고 일어나 다시 물었다. 두려움인지 설렘인지 알 수 없는 마음으로 가슴이 두근거렸다.

"엄마!"

"정야야! 정말 정야 너냐?"

대답 대신 아악—하고 찢어질 듯한 비명이 길게 이어졌다. 나는 벌떡 일어서서 벽을 더듬어가며 다급하게 문을 찾았다. 문은 안에서 잠겨 있었다. 비명은 이제 울음소리로 바뀌었다. 나는 주먹으로 문을 부쉈다. 아기자기하게 꾸며놓은 실내에 크고 작은 화분들이 놓인 꽃집이었다. 꽃잎과 나뭇잎, 습기를 머금은 흙이 흩뿌려진 바닥에 정야처럼 체구가 작은 여자애가 바닥에 누워 있었고, 그 여자애의 몸 위에…….

마스크로 얼굴을 가린 사내놈이 올라타 있었다.

사내는 여자애의 블라우스를 움켜잡은 채 놀란 눈으로 나를 봤다. 사내의 몸에 가려져 정야인지 아닌지 알 수 없는 여자애가 찢어질 듯 비명을 질렀다. 나는 뒤에서 놈의 모가지를 움켜잡아 번쩍 들어 올린 뒤 벽으로 내동댕이쳤다. 여기가 어딘지, 이게 꿈인지, 생시인지, 저 여자애는 정야인지, 어떻게 정야일 수 있는지, 정야가 아니라면 누구인지, 수도 없이 많은 것들이 궁금했지만 질문은 나중에.

일단은 놈을 치워버리는 것이 우선이었다.

나는 바닥에 코를 박고 고꾸라진 놈을 일으켜 세워 목을 조르며 벽으로 밀쳤다. 겁에 질린 놈의 동공이 크게 벌어졌다. 놈은 버둥거리며 허공에 주먹을 몇 번 휘저었다. 나는 마음만 먹으면 금방이라도 놈의 목뼈를 바스러뜨릴 수 있다는 것을 알 수 있었다. 흥분 탓인지 시야가 노랗게 흐려지며 현기증이 일었다. 나는 바닥에 떨어진 플로랄 폼을 집어 시끄럽게 터진 놈의 입안에 쑤셔 넣은 뒤 벌떡거리는 놈의 목덜미를 움켜잡고 이를 밀어 넣었다. 놈은 사지를 버둥거리며 비명을 토했지만 플로랄 폼이 그 모든 것을 집어삼켰다.

울음을 멈춘 여자애가 멍한 얼굴로 나를 바라보고 있었다. 무슨 말인가 하려고 다가오는 여자애의 얼굴에 보조개가 파였다. 정야가 아니었지만 정야처럼 예쁜 아이였다. 천장 가까이 작게 뚫린 창에 보랏빛 어둠이 드리워져 있었다. 해가 뜨고 있는 건지, 지고 있는 건지 알 수 없었다.

"곧 날이 밝을 거예요."

여자애가 말했다. 나는 피를 빨리고 가벼워진 놈을 끌고 해가 뜨는 쪽으로 향했다.

＊

그것이 시작이었다.

＊

내가 소멸을 꿈꾸며 빛 속으로 걸어 들어가면 곤경에 빠진 이들의 목소리가 나를 끌어당겼다. 나는 때로 과거로, 동 시간의 다른 공간으로, 때로는 미래로 끌려간다. 어떻게 이런 일이 가능한지는 나도, (아마) 그들도 모른다. 인생에는 설명할 수 있는 일들만 벌어지는 것이 아니다. 궁금해해 본 적도 없는 일이 단번에 납득되기도 하고, 의심할 여지 없이 당연하게 생각했던 일들이 하나도 이해할 수 없는 거대한 질문이 되기도 한다.

"다른 사람들은 왜 죽인 거야? 영웅이라도 되고 싶은 건가?"

울컥울컥 피를 쏟으며 놈이 했던 질문이 무슨 뜻이었는 지, 나는 뒤늦게 이해했다. 짐승만도 못한 놈들을 도륙해 목을 축이고 나면 잠시 잠깐, 신기루처럼 정야가 보인다. 그저 얇은 막 뒤에 있는 정야를 볼 수 있을 뿐이다. 말을 걸고, 만지고, 안기 위해 다가가면 물 위에 비친 그림자처럼 정야는 사라지고, 나는 정신을 잃고 어딘가로 끌려 들어간다.

이 삶이 언제 끝날지, 다음엔 어디로 끌려갈지, 끌려간 뒤엔 다시 돌아올 수 있을지, 돌아오지 못한 나는 어디로 가게 될지 아무것도 알 수 없고 그 무지가 견딜 수 없이 두렵게 느껴질 때도 있다. 어쩌면 벌을 받고 있는 것일지도 모른다. 그렇다면 언제까지? 집행이 끝나면 어디로 가는 걸까. 뭐가 되는 것이지? 질문인지 항의인지 모를 말들을 주워 삼키다 보면 목구멍이 매캐해지고, 뺨이 얼얼해진다. 하지만 나는 이제 울지 않는다. 아니, 온몸이 그렁그렁한데도 울 수가 없다. 울 수 없는 몸이 되어버렸다.

가끔은 참담한 암흑 속에서, 아무것도 기억하지 못한 채 깨어나기도 한다. 관도 없이, 수의도 입지 못한 채 그러니까, 어쩌면 살해되어 암매장된 것은 아닌가. 생각이 거기에 닿으면 캄캄한 침묵이 찾아온다. 어쩌다 이런 일을 당한 것일까. 덜컥 겁이 나고 안쓰러운 마음이 밀려오다가 더는 붙어 있는 목숨을 어쩌지 못해 헤매고 다니지 않아도 되겠구나, 홀가분한 마음이 된다. 하지만 곧 죽은 자는 이렇게 생각할 수 없고, 그러므로 삶이 계속되고 있다는 빌어먹을 사실을 깨닫는다.

도무지 뭐가 뭔지 아무 기억도 떠오르지 않고 어떤 생각도 할 수 없을 땐 그저 가만히 누워 기다린다. 기다리는 수밖에 없을 때는 기다리는 수밖에 없다. 시간이 걸리더라도 반드시 안개가 걷히고, 뭐든 하나가 보이기 시작한다. 대체로 정야와 관련된 것이다. 정야의 이름을 주문처럼 외며 어둠 속에 반듯하게 누워 있으면 또 어디에선가 비명이 들리고, 그렇게 열린 문으로 빨려 들어간다. 장막 너머로 *내 인생의 사랑*이 지나가는 모습을 볼 수도 있지 않을까, 절망 같은 기대를 가슴에 품고.

"정야야."

나는 비늘 같은 막 너머로 정야를 볼 때마다 그 애의 이름을 힘껏 부른다. 부르면 사라진다는 것을 알면서도 이번만큼은 다를지도 모른다, 이번만큼은 돌아볼지도 모른다는 기대를 저버릴 수가 없다.

정야. 26년 3개월에서 더 이상 늙지 못하게 된 내 딸.

나는 과거와 현재와 미래를 규칙 없이 무차별로 떠돌며 그 애를 생각하고, 사랑하고, 걱정하며, 그리워한다. 그 생각과 사랑과 걱정과 그리움이 지금의 나를 만들었다.

그러니 정야야. 언제든 와라. 어떤 모습으로든 와라.

이 꼴이 되어서도 너의 죽음을 돌이킬 힘이 없다. 그것이 나의 주제다. 내게 남은 것은 시간과 양심뿐. 나 여태, 떨고 있다. 죽지 않고, 떨고 있다. 쉽게 죽거나 하지 않을 거다. 인간이라고 할 수는 없지만, 죽지 않았으므로 살아, 너를 생각하는 나는, 정야의 모친. 49세의 나이에 딸을 잃고 흡혈귀가 되어 시간의 강을 떠돌고 있다. 말도 안 되는 일이라고, 의학도, 과학도, 그 어떤 지식도 설명할 수 없는 일이라고 귀를 닫고 있는 놈들을 굳이 설득할 생각은 없다. 나는 일말의 가책도 느끼지 않는다. 말로 형용할 수 없는 커다란 안도감을 맛보았을 뿐.

*

이것은 모두 벌어진 일이다.

*

내가, 그 증거다.

철
경
|
2024

매일 밤과 매일 아침

어떤 자는 비천하게 태어난다.

매일 아침과 매일 밤

어떤 자는 달콤한 기쁨으로 태어나고

어떤 자는 끝없는 밤으로 태어난다.

우리는 거짓을 믿게 된다.

우리가 눈으로 보지 않을 때는[3]

Every Night & every Morn

Some to Misery are born

Every Morn & every Night

Some are Born to sweet delight

Some are Born to Endless Night

We are led to Believe a Lie

When we see not Thro the Eye

철경은 보고 있던 책을 덮었다. 한동안 눈을 깜빡일 때마다 까만 선글라스를 끼고 시꺼먼 나무 그늘에 그을린 채 서 있던 그가 보였다. 그는 끝없는 밤으로 태어나는 자다. 경찰은, 빛으로 세상을 보는 자들은 그가 저지르는 참혹한 살인 사건의 순서를 도무지 맞출 수 없을 것이다.

강대한의 살인이 그가 저지른 **첫 번째** 살인이다.

그 이전과 이후에 저질러진 다른 사건들과 달리 대담하게, 뒤를 생각하지 않고 움직인 것은 그래서다. 그 뒤가 (어쩌면 앞이) 있을 거라는 건 그 자신도 예측하지 못했을 것이다.

바라지도 않았겠지.

비명과 웃음 사이 어디쯤 놓인 낭떠러지에 서 있는 그를 잡을 수 있는 자는 없을 것이다.

"……."

철경은 숨을 참았던 것처럼 거칠게 숨을 몰아쉬었다. 정말로 참고 있었을지도 몰랐다. 누구든 철경이 반쯤 허물어진 뇌로 금방이라도 쏟아질 듯 쌓아 올린 생각들을 들으면 금세 입이 벌어질 것이다. 그리고 잇새에서 무수한 의문부호가 쏟아져 나올 것이다.

하지만 세상에는 정상적인 판단력과 합리적인 사고로 인지되는 세계만 있는 것이 아니다. 비합리적인 관념으로만 감지되는 현실도 있다. 그것을 **필요로** 하는 자들이 있기 때문이다.

초췌한 모습으로 찾아온 진선에게 힘겹게 두서없는 말들을 전했을 때 두 사람 사이에는 기묘한 적의와 부자연스러운 긴장감이 맴돌았다.

"갈게요. 약 먹고 주무세요."

진선은 잠시 동안 불편하고 슬픈 얼굴로 앉아 있다 그에게 말했다.

다음번에도, 그 다음번에도 그는 시키는 대로 했다.

약을 먹으면 꿈 한 점 없는 깊은 잠에 빠져들었다. 죽음에 가까운 암흑 속에서 누군가 이렇게 속삭였다.

너희들은 아무것도 몰라. 오래전부터 그랬어.

진선은 50분간 실내 수영장을 왕복했다. 집에서 도보로 15분 거리에 있는 건물 지하에 수영장이 있었다. 자유영으로 출발해서 평영으로 돌아오는 수영장 왕복은 그녀가 수년째 계속하고 있는 운동이다. 물살을 가를 때마다 염소 표백제 냄새가 났다. 머릿결이 나빠지고 피부도 건조해졌지만 철저히 혼자서, 완전한 고요 속에서 아무 생각도 하지 않고 기진맥진할 수 있다는 점 때문에 수영을 좋아하게 됐다. 하지만 오늘은 수영을 하는 내내 잡생각을 떨쳐버릴 수 없었다.

진선은 시시때때로 꿈을 꿨다. 소사체 연쇄살인의 진범을 잡아 취조를 하는 생생한 꿈. 범인은 강해 보이지만 동시에 지치고, 망가지고, 두려워 보이기도 했다. 범인이 입을 열기 시작하면 의식이 또렷해지면서 순간적으로 모든 일들의 앞뒤가 딱 맞아떨어진다. 하지만 꿈은 꿈일 뿐이고 그런 순간은 오래가지 못했다.

강대한이 소사체로 발견된 뒤 이태준 본부장을 비롯한 전담본부의 모든 구성원이 경질됐다. 사실상 해체 수순을 밟은 것이다. 윤오와 진선은 원래 자리로 돌아왔고, 다해는 휴직을 신청했다. 아버지의 상태는 더 나빠졌다. 그는 강대한이 죽인 피해자의 어머니가 소사체 연쇄살인의 범인이라고 주장했다. 그가 5년 전 현장에서 봤던 사람이 그 사람이 분명하다고. 하지만 그녀는 여전히 실종 상태로, 사망했을 가능성이 높다.

프로파일러 조정연은 10년 전, 20년 전, 30년 전에도 소사체 연쇄살인과 같은 살인 사건이 벌어졌으며 미제로 남았다는 사실을 발견했지만 국민들에게 불필요한 혼란과 두려움을 줄 수 있다는 이유로 해당 자료는 모두 비공개되었다.

진선은 물에서 나와 샤워장으로 들어갔다. 옷을 갈아입고 머리를 말리고 있을 때 탈의실에 틀어둔 텔레비전에서 새로운 연쇄살인 소식이 흘러나왔다. 지난해, 지하철에서 한 여성을 집단 폭행하고 집행유예를 선고받은 의대생 네 명이 한꺼번에 소사체로 발견되었다는 소식이었다. 그들은 모두 입에 플로랄 폼을 문 채 전지가위로 급소를 찔린 뒤 불에 타 사망했다.

검경 합동 소사체 연쇄살인본부가 새로 구성되었지만 여전히 범행 동기를 제외한 범인의 실마리를 잡지 못하고 있었다. 피해자가 늘어날수록 맞춰야 할 조각도 많아졌고, 마지막으로 맞춰야 할 그림은 점점 더 흐려지기만 했다.

진선은 엄습해 오는 감정을 억누르기 위해 입술을 꾹 물었다. 얼마 전부터 전지가위와 플로랄 폼만을 사용한 살인 사건이 발생하기 시작했다. 피해자들은 입안에 플로랄 폼을 물고, 전지가위에 경동맥 등 급소를 찔려 사망한 채 발견됐다. 사체는 겁에 질린 눈물과 오줌으로 얼룩져 있었다. 어떤 이유에서인가 범인은 피를 빨지 않거나 피해자를 소사체로 만들지 않기도 했다. 하지만 급소를 찌른 방식 등에서 소사체 연쇄살인과 동일범이 살해 방식을 바꾼 것으로 의견이 모아졌다.

범행 방식을 바꾼 이유에 대해선 의견이 분분했다. 뭣보다 방식을 완전히 바꿨다고 하기엔 여전히 소사체로 발견되는 사체들이 훨씬 많았다. 프로파일러 조정연은 진선에게 '오프 더 레코드'로 범인이 시간을 자유롭게 오가며 살인을 저지르고 있는 것만 같다고 말하며 아서 코난 도일의 말을 인용했다. "불가능한 가설을 모두 제외하고 나면, 남은 가설이 진실이다. 그것이 아무리 믿기 어려울지라도."

＊

진선은 옷을 갈아입고 밖으로 나왔다. 태석이 기다리고 있었다. 두 사람은 인위적으로 심플하게 꾸민 브런치 카페로 이동해 아침을 먹었다.

"뉴스 봤지?"

태석이 시나몬 가루가 잔뜩 올라간 카푸치노를 진선 앞에 놓아주며 물었다.

"응."

진선은 짧게 대답했다. 주어가 생략된 질문이었지만 어떤 뉴스를 이야기하는 것인지 알 수 있었고, 더 이상 이야기하고 싶지 않았다.

"그런데 말이야."

카푸치노를 한 모금 마시고 시럽을 듬뿍 적신 핫케이크를 입안에 넣은 진선이 자기도 모르게 입을 열었다.

"범인이 시간 여행을 하는 뱀파이어라면 모든 게 설명이 되지 않아?"

인터넷에서도 비슷한 의견들이 오가고 있었다. 사체 부근에 놓여 있던 길이가 다른 두 개의 나뭇가지는 피해자들이 십자가를 만들어 뱀파이어와 맞서려 했던 흔적일 것이라고.

"응?"

태석이 진선의 말을 어떻게 받아야 할지 고민하는 표정으로 그녀를 바라봤다. 진선은 태석의 시선을 맞받았다.

'타임 크로싱 뱀파이어.'

갑자기 누군가 뇌 속에 눈부신 조명을 켠 느낌이다. 많은 것들이 환하게 밝혀지며 아귀가 착착 맞아떨어진다.

"진심으로 하는 이야기야?"

태석이 물었다.

웃기지도 않는 농담 같은 말이다.

진선은 작게 웃으며 고개를 가로저었다. 씁쓸한 뒤끝이 남는 웃음이었다. 자리에서 일어나면서 진선이 마지막으로 한 생각은 잠깐이라도 휴가를 내고 여행이라도 다녀와야겠다는 것이었다.

2부

인터뷰: 황혼에서 새벽까지

Part 1.

환자는 자신의 신원은 물론 이름조차 기억하지 못하는 여성으로, 정확한 나이 역시 알 수 없다. 30대 후반에서 50대 중반 사이일 것으로 생각되나 추측일 뿐이다. 환자는 3일 전 새벽, 모월산 기슭에 정신을 잃고 쓰러져 있다 등산객의 신고를 받고 출동한 구급차를 타고 JS종합병원으로 왔다.

환자를 제일 처음 진료한 사람은 당직 중이던 응급실 인턴 임홍식이다. 그는 의식이 돌아온 환자와 몇 마디 이야기를 나눠본 뒤 환자를 개인 병동에 격리 조치 하고 신경정신과 조재덕 교수에게 연락했다. 조 교수가 찾고 있는 임상 시험 대상자로 적합할지 확인해 보라는 것이었다.

조재덕 교수는 일본에서 도입한 조현병 및 강박증 치료제의 제3상 임상 시험 연구를 담당하고 있었으나 최근 연구소에서 발생한 불미스러운 일*로 인해 연구소장직을 내려놓고 연구에만 전념하고 있었다.

임홍식 인턴은 조재덕 교수에게 응원의 말을 전했다. 자신뿐 아니라 많은 후배와 제자들이 이번 일을 안타깝게 여기고 그를 지지하고 있다는 말과 함께. 이 땅에서 남성으로 나고 자라 자연스럽게 받아들였던 일들이 아닌가. 하지만 조 교수는 시대의 변화를 읽지 못한 게으름과 무감함을 인정하고 한 발 물러서기로 결정했고, 임홍식은 그런 조 교수의 결단에 감명 받았다.

조재덕 교수는 조심스럽게 임홍식 인턴과 익명의 친구들에게 감사의 인사를 전했다. 필사적으로 달려온 인생에 느닷없이 놓인 걸림돌이었다. 억울하고 분한 마음이 드는 것도 사실이었으나 살다 보면 어쩔 수 없이 겪어야만 하는 일도 있게 마련이다. 조 교수는 얼마 전 단기 계약직으로 채용된 김정야 연구원에게 환자를 만나보고 적합한 대상자가 맞다면 임상 시험 참여 동의서를 받아두라고 지시했다.

---

* 연구소 여성 연구원들과 제자들이 조교수가 성적 농담을 즐기고 성추행을 일삼았다며 인터넷에 그 피해 사실을 폭로했으나 이 일에 관한 진위 여부는 아직 논쟁 중이다.

김정야 연구원은 개인 병동에서 환자와 대면했다. 환자는 안색이 창백했으며 저혈압, 저체온, 빈혈 증세를 보이고 있었다. 얼굴과 팔, 다리, 목 등 보이는 곳에 수포와 궤양의 흔적이 있었지만 별도의 조치가 필요한 상태는 아니었다. 대화시 눈 마주침은 비교적 제대로 이뤄졌다. 질문에 대답을 했지만 적절한 대답이라고 볼 수는 없었다. 사고를 연결시키지 못했고, 대체로 두서없이 이야기를 늘어놓았으며 논리나 맥락 역시 찾을 수 없었다. 하지만 어떤 부분에서는 깜짝 놀랄 만큼 구체적이고 논리적인 대답을 내놓기도 했다.

김정야 연구원이 가장 먼저 확인한 것은 환자가 스스로를 흡혈귀, 그러니까 **뱀파이어**라고 생각하고 있다는 것이었다. 환자의 주장을 요약해 보면, 그녀는 산속에 쓰러져 악몽과 환청, 환각에 시달리던 중 비현실적으로 커다란 달을 보고, 그 달빛에 "물려" 뱀파이어로 다시 태어났다. 김정야 연구원은 '뱀파이어'를 뜻하는 그리스어 '사크로맨스(sacromens)'가 '달로 만든 살'이라는 뜻이라는 점에서 흥미롭다고 생각했다. 하지만 환자의 지적 능력, 언어 구사 수준으로 판단컨대 환자가 그리스어를 알고 이런 이야기를 지어냈을 가능성은 희박했다.

온몸에서 피가 전부 빠져나간 것처럼 창백한 피부, 아랫입술까지 비죽 불거져 나온 송곳니, 태양열에 의한 기포 발진 흔적, 저혈압, 저체온, 피에 대한 갈구……. 김정야 연구원은 혈액검사, 피부조직 검사 등을 통해 환자가 혈액 색소 성분인 포르피린이 혈액과 조직에 침적하는 선천적 대사이상증—포피리아, 즉 **포르피린증** 환자라는 진단을 내렸다.

포르피린증은 적혈구 속의 붉은 색소인 헤모글로빈이 제대로 합성되지 않아 생기는 유전적 희귀병이다. 이 병을 앓게 된 환자들은 별도의 혈액을 공급받아야 할 정도로 심한 빈혈을 호소하고, 낮에 햇빛을 받으면 피부가 광 과민 반응을 하게 되면서 물집이 잡히고 피부색이 창백해지는 피부 병변을 일으킨다. 또 일부의 경우 잇몸이 붓거나 괴사해 상대적으로 길고 삐죽하게 드러난 듯한 치아 모양이 나타나는데, 이런 증상들 때문에 포르피린증을 '뱀파이어 증후군'이라고 칭하기도 한다.*

포르피린증은 유전성 질환으로 근본적인 치료법은 밝혀지지 않았지만 조기에 진단하면 비교적 정상적인 생활을 할 수 있다. 하지만 안타깝게도 진단 및 치료 시기를 놓친

---

* 헤모글로빈을 파괴하는 성분이 들어 있는 마늘을 먹지 못하고, 주사기로 수혈할 수 있는 의학이 발전하기 전에는 피를 마시는 식으로 헤모글로빈을 공급해 환자를 치료했다는 점 역시 포르피린증이 뱀파이어 증후군, 드라큘라 병이라는 별명을 갖게 된 이유다.

이 환자는 포르피린증의 대표적 증상인 환각, 호흡곤란, 발작과 더불어 드물게 나타나는 기억상실까지 겪으면서 자신이 무작위로 시간 여행을 하고 있다는 착란에 빠져 있는 상태였다.

김정야 연구원은 환자가 적합한 임상 시험 연구 대상자가 아니라는 판단을 내린 뒤에도 계속 환자를 만나 이야기를 나누고 환자가 수혈 등 필요한 응급조치를 받고 퇴원할 수 있게 도왔다. 환자가 내면화한 착란의 내용에 동시대를 살아가는 여성으로서 공감과 연민을 느꼈기 때문이다.

김 연구원은 환자 본인 혹은 가족, 친구, 가까운 지인이 비슷한 폭력을 경험했고, 그것을 극복하는 과정에서 혹은 그것이 극복되지 못해 남은 트라우마가 유전 질환(포르피린증)과 일종의 화학작용을 일으키며 이런 착란을 만들어냈을 가능성이 높다는 결론을 내렸다. 환자가 몸에 소지하고 있던 기사들*로 추측건대 실제 겪은 일이 아니라 매스컴이나, 주변 여성들의 이야기, 떠도는 소문, 혹은 인상적으로 봤던 영화나 드라마의 내용을 내면화했을 가능성 역시 존

---

*   이야기 중간에 첨부한 기사들은 환자가 지니고 있던 것 중 맥락이 닿는 것을 찾아 넣은 것이다.

재한다.*

요컨대 폭력 경험으로 인한 분노와 원망이 해소되지 않
고 계속 누적되면서 자신이 언데드-뱀파이어로 다시 태어
났다는 가상의 자아가 먼저 만들어졌고, 이후에도 무수히
폭력적 상황에 직간접적으로 노출되면서 단죄 대상을 하나
로 특정하지 못해** 시공간을 떠도는 상상적 자아가 덧붙
여진 것이다.

김정야 연구원은 조 교수에게 환자가 적합한 임상 연구
대상은 아니지만 이와는 별도로 환자가 겪고 있는 착란의
내용과 그 맥락을 살펴볼 필요가 있다고 전했다. 하지만 조
재덕 교수는 연구 의도와 목적의 편향성, 폭력성—성별 간
혐오 갈등 조장 등을 근거로 이를 반려했다.

---

* 환자는 자신의 딸의 이름이 김 연구원과 같다고 이야기했는데, 이 역시 기막
힌 우연이 아니라 환자가 즉흥적으로 지어낸 이야기였을 가능성이 높다.
** 때로 이 대상은 과거에 혹은 미래에도 있었는데, 이는 환자가 단선적 시간관
념을 상실(환자의 표현에 의하면 그것이 의미가 없어져 "버렸"다)했기 때문이다.

Part 2.

"알겠네."

뱀파이어가 사려 깊게 말했다.

"그러니까 내가 이걸 마시기 위해서는 이런 '조치'가 필요하다는 거지?"

뱀파이어는 자신이 무연고 포르피린증 환자로 기록된 진단서를 내려놓고 정야가 내민 혈액 팩을 받아 마셨다.

"세상에는 절차라는 것이 있으니까요. 이렇게 해두지 않으면 일이 복잡해지죠."

"그럼 너는 내 말을 믿는 건가?"

"글쎄요."

정야가 애매하게 웃으며 시선을 피했다. 뱀파이어는 정야가 작성한 글을 내려다봤다. 누락된 부분도 있고, 지나치게 감상적으로 그려진 부분도 있었지만 정처 없이 떠돌아다니느라 잊고 있었던 감정들이 떠올랐다. 뱀파이어와 눈이 마주치자 정야의 볼에 깊은 보조개가 생겼다.

"오, 아가……."

뱀파이어는 정야의 귀여운 보조개가 어디서 왔는지 깨닫고 비명처럼 소리를 질렀다. 뱀파이어는 정야를 죽인 놈을 제거한 뒤 시간 여행을 시작했다. 그 뒤부터는 모든 게 뒤죽박죽이었다. 그래서 떠오르는 이야기들을 마구잡이로 들려줬고, 그중 꽃집에서 구해준 여자를 그 '시작'으로 선택한 것은 정야였다. 그때부터 플로랄 폼을 사용했으니 의미가 있는 '시작'이기는 했다.

"어머니에게 내 이야길 들은 건가."

"내 이름을 어떻게 짓게 됐는지에 대해서는 들었죠. 꽃집에서 엄마를 구해줬다는 어떤 여자와 그 여자가 계속 중얼거렸다는 이름에 대해서요. 덕분에 엄마는 살아남았고, 때로 슬프고 괴로웠지만 그래도 살다 보니 그럭저럭 괜찮은 사람을 만나 사랑을 하게 됐고, 나를 낳게 됐다고 했어요. 진짜라고 생각하진 않았어요. 엄마들이 아이들에게 진짜로 있었던 일만 이야기해 주는 건 아니잖아요. 진실만 이야기하는 것도 아니고. 차라리 저 화분의 이름을 따왔다는 말이 더 믿음직하다고 생각했죠."

정야는 연구실 한쪽에 놓인 다육식물을 가리켰다. 정야. 꼭 사람 같은 이름을 가진 식물.

"그래도 세상에 그런 이야기가 하나쯤 있는 건 좋다고 생각했어요. 지어낸 이야기라고 해도, 내 이름에 그런 이야기가 숨겨져 있다고 생각하는 편이 더 재밌잖아요?"

"그럼 한 팩만 더 먹어도 될까?"

정야가 웃으며 고개를 끄덕였다. 뱀파이어는 혈액 팩을 찢어 피를 마셨다. 침침했던 시야가 조금 밝아졌다. 고통스러운 갈증과 허기를 달래기 위해선 개 같은 놈들의 피나마 흡혈을 해야 했고, 그런 신세가 한탄스러울 때도 있었다. 하지만 먹고사는 일이 번잡스럽고 괴로운 게 그녀만은 아닐 것이다. 뱀파이어는 천천히 팩에 든 혈액을 다 마셨다. 기분 좋은 포만감이 들면서 마음이 들떴다.

"궁금했던 게 있어요."

"뭐지?"

"십자가를 보면 두려움을 느끼나요?"

"글쎄, 별 감흥이 없다."

신이 있을까. 뱀파이어는 종종 생각했다. 지금 자신의 처지를 생각하면 신은 있는 것 같기도, 없는 것 같기도 했다.

"아, 마늘은 싫어한다. 단순한 취향의 문제다. 한국 음식엔 너무 많은 마늘이 들어간다고 생각한다."

"소사체로 발견되지 않은 사람들은, 당신이 한 일이 아닌가요?"

"오늘같이 운이 좋은 날은 굳이 추잡한 놈들의 피를 빨지 않아도 괜찮지."

뱀파이어가 새로운 혈액 팩을 뜯어 입으로 가져가며 말했다.

"살인 후 아무런 흔적을 남기지 않는 건 왜죠?"

그녀는 특별한 시그니처를 남기지 않는 연쇄살인마였다.

"나는 살인을 하면서 쾌락을 느끼는 사이코패스가 아니다."

뱀파이어는 그 개 같은 놈들의 죽음에 대해서 뭔가를 말할 수 있는 건 자신이 아니라고 생각했다. 하지만 그녀는 정말 필요한 이야기는 살아남는다고 믿었다. 생각하지도 못한 방식으로. 이렇게 그녀가 구해준 여자의 아이, 또 다른 정야를 만난 것처럼.

"나는 괜한 잘난 척을 할 만한 주제가 못 된다. 대체 이게 뭔가. 이게 다 무슨 소용인가. 무기력한 절망에 빠져 어둠 속에 누워 있는 날이 더 많다."

"그럴 땐 날 찾아와요. 신선한 혈액을 처방해 줄 테니까."

뱀파이어는 소리 내서 웃었다.

"속설과 일치하는 것들도 있다. 거울이나 렌즈에 모습이 비치지 않아 내 얼굴을 볼 수 없다. CCTV에 찍히지 않는 것도 그래서가 아닐까 생각한다."

"그럼 지금 자신이 어떻게 생겼는지 몰라요?

"대충은 기억하고 있지만 점점 희미해진다. 어쩌면 내 기억과 많이 달라졌을지도 모르고. 하지만 상관없다. 정야의 얼굴만은 똑똑히 기억하고 있으니까."

"아름다워요. 상상했던 뱀파이어와는 좀 다르지만."

뱀파이어의 뺨이 유리처럼 반짝였다.

"빛에 관해서도 상당 부분 일치한다. 나는 이제 빛을 (예전과 같은 방식으로는) 볼 수 없다."

뱀파이어는 더 이상 파란 하늘도, 햇빛에 반짝이는 눈부신 바다도 볼 수 없다는 것이 아쉽다고 생각하다가 문득 새삼 왜 그런 것을 아쉬워하지? 반문하게 됐다. 애초에 한가롭게 그런 것들을 올려다보거나 들여다보는 삶을 살지도 못했으면서.

하지만 뱀파이어는 빛을 생각하면 여전히 절망보다 희망을 느꼈다. 그녀를 다른 시공간으로 끌어당기는 목소리가 그 속에 있었으니까. 언젠가, 그 빛 속에서 정야가 그녀를 끌어당기고, 그녀는 정야를 구할 것이다.

그 불확실한 기대가 기약 없는 불멸을 견딜 수 있게 해줬다.

"그 아이, 아, 그러니까, 네 어머니는?"

235

"평생 그 작은 꽃집을 벗어나지 못했죠. 지난해 여름, 주문 받은 꽃다발을 만들다 돌아가셨어요. 심장마비였죠."

"그렇구나……."

"네."

그때, 뱀파이어의 눈앞에 작은 비늘이 보였다.

"아."

뱀파이어는 작게 탄식했다. 땅이 진동하기 시작했다. 어디에선가, 누군가 그녀를 부르고 있다는 뜻이었다.

"그러면 예쁜 아가, 또 보자."

"어디로 가세요?"

"글쎄."

"누구에게로, 어디로 가는 건지 전혀 예측하지 못하는 건가요?"

"어디로 갈지 알 수 없지만 하필 만나게 된 데는 이유가 있겠지. 없어도 할 수 없고."

"또 볼 수 있을까요?"

정야는 아쉬움에 뱀파이어의 손을 잡았다.

딱 그녀의 손 같은 느낌이었다.

거칠고, 강인하고, 능숙하고, 차가운, *구원자*의 손.

"못다 한 이야기는 앞으로 계속 하게 될 것이다."

"언제요?"

"······."

뱀파이어가 정야의 얼굴을 쓰다듬었다. 그녀는 희미하
게 미소를 짓더니 마치 눈이 녹아내리듯 조금씩 천천히 미
소를 거두었다.

그리고 정야의 눈앞에서 뱀파이어가 사라졌다.

＊

정야는 며칠 뒤, 조재덕 교수가 실종됐다는 소식을 들
었다. 집에서 만취 상태로 아내를 폭행하다 돌연 창문을
열고 뛰쳐나가 돌아오지 않았다는 거였다. 며느리의 신고를
받은 경찰이 도착했을 때 잠긴 안방엔 조 교수의 아내만이
정신을 잃고 쓰러져 있었다.

3일 뒤 강원도 동해시 망상해수욕장에서 조 교수의 사
체가 발견됐다. 그는 플로랄 폼을 입에 물고 전지가위에 경
동맥이 잘린 채 발견됐다. 셔츠, 바지, 슬리퍼는 물론 팬티
와 양말까지 모두 조교수의 피와 침, 소변으로 뒤범벅이 되
어 있었다.

경찰은 사건 현장 인근을 수색했지만 이번에도 아무런
단서를 찾아내지 못했다. 조 교수의 아내는 오랜 시간 가정

폭력에 시달렸다고 고백하며 연구원들과 학생들의 폭로 내용 역시 모두 사실이라고 말했다. 그녀는 피해자들 편에 서서 대학 측에 조 교수의 파면을 요구했다.

살해 동기를 가진 사람들이 수도 없이 나왔다. 대부분 여성으로, 경찰이 추정한 용의자와는 거리가 멀었다. 경찰은 거구의 조 교수를 제압해 아무런 흔적도 남기지 않고 서울에서 강원도까지 끌고 가 전지가위로 한 번에 제압할 만큼 힘이 세고 대담하고 용의주도한 살인마를 끝내 찾을 수 없었다.

정야에게도 경찰이 찾아왔다. 정야는 경찰의 질문에 성실하게 대답했지만 뱀파이어에 대해서만큼은 한마디도 할 수 없었다. 믿을 수 없는 이야기였기 때문이다. 정야는 분명 뱀파이어를 만났고, 이야기를 나눴고, 만져보기까지 했지만 그럼에도 자신이 잠시 뭔가에 홀렸거나 기이한 꿈을 꾼 것인지도 모른다고 생각했다. 그렇다고 해도 상관없었다. 아니, 그렇게 믿어버리는 편이 나을지도 몰랐다.

그랬다.

그랬는데…….

언젠가부터 있는 줄도 몰랐던 기억들이 정야의 머릿속에서 팝콘처럼 터져 나오기 시작했다. 주로 꼭꼭 접어서 어둠 속에 밀어놓은 기억들 속에서 팝콘이 터졌다. 그녀가 세상에 혼자뿐이라고 느꼈을 때, 어디에서 온 것인지 알 수 없어 더 괴로운 슬픔과 외로움에 빠져 있었던 순간마다 거대한 뱀파이어가 나타나 그녀의 머리를 쓰다듬고, 그녀를 지켜보다 사라졌다.

처음에 정야는 뱀파이어와의 비밀스러운 만남이 일종의 트리거가 되어 무의식에 있던 기억들이 하나씩 의식의 표면으로 떠오르는 게 아닐까, 생각했다. 어쩌면 짧은 만남의 아쉬움과 그리움이 만들어낸 상상일지도 몰랐다. 자꾸만 터져 나오는 따뜻하고 귀여운 기억들 때문에 실없이 웃는 일이 일이 많아진 그녀는 어느 순간 깨달았다. 뱀파이어는 그녀만의 방식으로, 못다 한 이야기를 계속하게 될 거라는 정야와의 약속을 지키고 있는 것이었다.

정야는 오래된 신문, 인터넷 뉴스와 그 밑에 달린 댓글, 각종 SNS와 커뮤니티 게시판에서 뱀파이어의 흔적을 찾을 수 있었다. 갑자기 사라진 남자들. 인적이 드문 산과 바닷가에서 발견된 실종 남(男)들의 소사체. 아무런 증거도 남기지 않고 남자들을 잔혹하게 살해한다는 괴담 속의 연쇄살인마. 정야처럼 그녀를 만나 피를 나눠준 경험을 모험담처럼 늘어놓는 여자들…….

정야는 가끔 댓글을 남기고, 동의를 표현하기도 했지만

여전히 뒤돌아 생각하면 믿을 수 없는 이야기고, 말이 되지 않는 일이라고 생각했다. 하지만 다시 돌아서면 깜깜한 어둠 속에 뱀파이어가 있다는 걸 느낄 수 있었다.

믿을 수 없는 현실에 맞서기 위해 믿을 수 없는 존재로 다시 태어난 여자. 그녀는 말이 되지 않는 일에 대해 굳이 말하지 않는다. 다만 믿음과 말보다 오래 살아남아 그녀의 고요한 밤(靜夜)을 향해 걸어갈 뿐이다. 그녀가 더 이상 누구에게도 목격되지 않는다면 그건 마침내 그녀가 그토록 만나고 싶었던 사람을 만났기 때문일 것이다.

그때까지 그녀가 얼마나 더 많은 짐승의 피를 빨고, 그 주검을 불태워야 하는지는 알 수 없다. 어쩌면 생각보다 많은 시간이 걸릴지도 모르지만 그래도 끝내는 그리워하는 그 얼굴을 만나게 될 것이다. 그녀는 그것에 남은 평생을 걸었고, 그녀의 평생은 아주 길고 단단하니까.

에필로그

썸데이 도넛 클럽

우리는 모두 암흑에서 왔다.

시간이 흐르지 않는,

어쩌면 무한히 흐르고,

때때로 겅중겅중 뛰어가기도 하는 암흑의 한복판에서.

우리의 삶에는 정적만이 가득했다.

도저히 숨을 쉴 수 없는, 금방이라도 질식할 것 같은, 비명

같은 정적⋯⋯.

온라인에서 조심스레 연락을 주고받던 우리를 처음 한 자리에 모은 것은 정야다.

아무도 자신의 이름을 말하지 않았지만 우리는 누가 누구인지, 정확히 알 수 있었다.

이상하게도 오래전부터 알고 지내왔던 것 같은 얼굴들이었다.

그간 우리가 겪은 혼란과 두려움에도 불구하고.

아니, 어쩌면 그 모든 일 때문에.

이제 하프 마라톤 정도는 너끈히 뛸 수 있게 된 명주는 정신없이 공원을 달리던 어느 날 문득, 이런 생각이 들었다.

내가 알고 있는 걸 알고 있는 사람이, 아니 어쩌면 사람들이, 있지 않을까?

가인의 삶은 여전히 유진의 삶이 파괴된 그 순간에 고착되어 있었다.

사방이 보이지 않는 벽으로 둘러싸여 있는 것 같았다.

문은 없다.

문이 없다.

그리고 당혹스러워하는 그녀가 있었다.

가비는 누군가 "안녕하세요?" 하고 인사를 해올 때마다 이상한 수치심을 느꼈다.

안녕하세요?

정말로, 안녕하세요?

더 이상 치욕 속에 살지 않고 있는 것이 확실합니까?

……미친 생각이라는 걸 안다.

그녀는 매일 아침 집을 나설 때마다 정말 이게 맞을까? 하는 공포와 마주해야 했다.

엘리자는 악의를 가진 존재가 딸 지희의 곁을 알짱거리고 있는 것만 같은 두려움에 시달리고 있었다. 그녀는 지희와 함께 살고 싶을 만한 세계로 가고 싶었다. 과거도 미래도 아니지만, 그렇게 느껴지는 곳……. 어쩌면 다른 시간에, 아니면 다른 세계에 있을 그 삶이 그리웠다.

욕망이 아닌 그리움.

어둠 속에서 깜빡거리며 켜지는 백열전구의 필라멘트처럼 조금씩, 점점 더 분명하게 느껴졌다.

너무도 간절해서, 거의 손에 잡힐 듯했다.

뱀파이어에 대한 이야기를 알게 되었을 때, 영순의 안에서 무엇인가가 툭 풀어졌다.

긴장.

두려움.

대상을 알 수 없는 분노.

모든 것이 걷잡을 수 없는 흐느낌으로 터져 나왔다.

그녀는 하염없이 창밖에 시선을 두고 있는 혜자에게 뱀파이어에 대한 이야기를 들려줬다.

혜자의 눈에 눈물이 조금씩 차올랐다.

두 사람은 서로를 얼싸안고 조용히 울었다.

그리고……．

우리 모두를 불러 모은 사람, 정야의 이름은 정야.

고요할 정(靜)에 밤 야(夜).

고요한 밤(靜夜).

우리 모두의 밤이 고요하기를.

고요하기를.

고요하기를.

부디, 그러하기를.

처음 얼굴을 마주한 날, 우리는 시끄럽고 더디지만 성실하고 집요하게 올 그 밤을 위해 건배했다.

우리는 비정기적으로, 하지만 꾸준히 모여 정야의 주도 하에 차례차례 200ml가량의 피를 뽑는다. 작은 비닐 팩 하나 분량으로, 길에서 헌혈을 할 때보다 적은 양이다.

순식간에 검붉은 피가 담긴 비닐 팩들이 사이드 테이블 위에 차곡차곡 쌓인다. 피를 뽑은 사람들의 얼굴은 어디에서도 본 적 없는 생기로 번들거린다.

정야가 비닐 팩들을 모아 냉장고에 넣는다.

우리는 준비된 도넛 상자를 열고, 각자 원하는 도넛을 집어 게걸스럽게 먹어 치운다.

누군가 창문을 연다.

밤공기가 훅 끼쳐 들어오고 천장 곳곳에 그림자가 가물거린다.

우리는 각자 가져온 무알콜 와인을 딴다.

크기가 다른 접시와 잔들이 정야의 집 식탁 위에 줄줄이 놓인다.

가져온 음식이 너무 많아 접시가 모자란다.

우리는 맛있는 음식과 분위기에 기분 좋게 상기되고 *지금 이 순간*에 대해서 이야기를 나눈다.

입술에 묻은 와인 자국.

등대처럼 반짝이는 얼굴.

볼에, 손등에 엷은 모래처럼 붙어 있는 스프링클과 설탕 가루.

세상이 조금씩 축소되어 우리가 앉아 있는 식탁만 남은 기분이다.

우리는 너무 심하게, 큰 소리로 시끄럽게 웃고 있지만, 알게 뭔가.

우리에게는 이런 게 필요했다.

아주…… 오래전부터, 정확히 언제인지 모를 때부터, 이런 시간을 기다려왔다.

더 이상 세상이, 우리의 존재가 환영처럼 느껴지지 않는다.

홀로 시간의 바깥에 있는 것처럼 느껴지지도 않는다.

모든 것이 딱 맞아떨어지는 느낌이다.

꿈을 꾸고 있는 것 같지만 꿈이 아니다.

그 어느 때보다 이 순간이 확고하고 사실적으로 느껴진다.

우리는 우리에게 고통을 준 자들을 *처단*하면 고통도 사라
질 것이라고 생각했다.

순진한 생각이라고?

오, 하지만 놀랍게도 정말로 **그랬다**.

우리는 죽도록 죽이고 싶었던 사람이 뱀파이어에게 살해되었다는 소식을 들었을 때 우리가 느꼈던 기쁨, 희열, 안도감에 대해서 이야기한다. 이 세상에 대해 품고 있었던 이해하기 힘든 당혹감이 한 번에 정리된 것처럼 따뜻하고 달콤한 도취에 대해서도.

아무것도 아닐 수도 있고 대단히 중요할 수도 있는 사사로운 면들이 완전히 달라졌다.

처음에 우리는 그것이 우리가 바라던 것인지 아니면 두려워했던 것인지 알 수 없었다.

이제 우리의 의식 속에는 기쁨과 흥분뿐이다.

다른 것은 끼어들 여지가 없다.

우리는 끝도 없이 먹고 마시고 웃고 울고 떠들며, 망망대해로 떠난 선장의 딸들처럼 참을성 있게 기다린다.

뱀파이어가 시간의 폭풍우를 헤치고, 살아서, 우리를 찾아오기를.

뱀파이어는 소리도, 기척도 없이 나타난다.

우리가 시도 때도 없이 상상하고 그리워했던 바로 그 모습으로.

처음과 같이, 이제와 항상 영원히, 그 자리에 있었던 것처럼.

그녀가 우리를 바라본다.

결백과 후회가, 증오와 허탈감이 혼재된 눈빛이다.

거울 속 우리의 얼굴처럼.

우리 모두의 눈에는 눈물이 어른거리지만 턱은 단단하게 경직되어 있다.

우리는 몰아치는 감정 속에서 평정심을 유지하려고 애쓴다.

뱀파이어는 차갑게 식은 여자들의 피를 받아들고, 그들이 죽이고 싶어 하는 놈들에 대해 듣는다. 이제 그녀는 더 이상 짐승만도 못한 놈들의 더러운 피를 빨아 갈증과 허기를 달래지 않아도 된다. 다급하게 도움을 요청하며 자신을 부르는 시간의 장막 너머로 끌려가 잔혹한 살인을 하고 다시 현실로 내동댕이쳐질 때마다 넋을 놓고 죽음을 갈구할 필요도 없다.

정야와 여자들이 여기, 그녀만을 위한 등대를 마련해 뒀기 때문이다.

창밖은 유리처럼 고요하다.

동이 트고 있다.

가로등이 하나둘 꺼지는 창백한 거리로 우리의 차가운 피를 품은 뱀파이어가 걸어간다.

거칠고, 강인하고, 노련한 우리들의 구원자…….

우리의 머릿속으로 밝게 빛나는 도취감 같은 것이 스쳐 지나간다.

파름한 새벽빛 속을 비척비척 걸어가던 뱀파이어가 문득 뒤를 돌아본다.

정야와 여자들의 반짝이는 얼굴들이 보인다.

뱀파이어의 몸이 기분 좋은 긴장과 흥분으로 가볍게 떨리고, 그녀의 심장이 고요 속에 질주한다.

그 모든 일이 있었음에도.

삶은 이런 순간들을 기꺼이 내어준다.

뱀파이어는 그것이 자비롭다고 해야 할지, 잔혹하다고 해야 할지 모르겠다고 생각한다.

작가의 말

책이 나오기까지 애써주신 안전가옥 PD님들과 한우주 편집자, 강지구 디자이너, 멋진 표지를 그려주신 연여인 작가님, 초고를 읽고 조언과 격려를 해준 친구들에게 감사드린다.

우리 언젠가, 도넛 클럽에서 만나요.

2024년 가을, 김보현.

프로듀서의 말

두려움과 불안감이 가득한 일상을 산다면 얼마나 고통스러울까요. 이 고통의 근거가 여성 대상 범죄에서 비롯된다면, 우리는 무엇을 할 수 있을까요?

오랜 시간동안 행해졌던 폭력이 반복되고, 첨단의 기술이 상상할 수 없는 범죄로 진화하고 있는 참담한 오늘입니다.

《블러디 마더》에는 여성 대상 범죄 피해자가 등장합니다. 동시에 추악한 모습을 숨기며 살다가 기이한 자세로 죽음을 맞이한 가해자도 등장합니다. 최소한의 안전망인 법은 제 역할을 하지 못하고, 촘촘하지 못한 법을 악용하여 범죄자들에게 유리한 판결을 끌어내는 법 전문가들도 등장합니다.

현실과 판타지의 경계에 선 금홍을 따라 이야기 조각을 맞추다 보면, 범죄자를 죽이는 연쇄살인마를 응원하게 되는 모순에 봉착하게 됩니다. 타임 크로싱 뱀파이어 금홍이 현실 어디쯤 존재할 수도 있겠다는 생각도 언뜻 하게 됩니다.

피해자들의 간절한 기도를 신호로 시공간을 이동하여

범죄자들을 단죄하는 금홍의 이야기가 언제쯤 끝날 수 있을까요. 우리 모두가 예쁜 꽃을 바라보며 함께 웃고, 달콤한 도넛을 나눠 먹으며 행복한 일상을 누릴 날이 언젠가 오겠지요?

　폭력의 고통을 꾹꾹 눌러 금홍의 이야기로 완성하신 김보현 작가님께 가슴 깊이 감사 인사를 드립니다.

안전가옥 스토리 PD, 김보희 드림

1   권일용, 고나무 《악의 마음을 읽는 자들》(알마, 2018) 서문 5쪽.

2   권일용, 고나무 《악의 마음을 읽는 자들》(알마, 2018) 서문 6쪽.

3   윌리엄 블레이크, 〈순수의 전조〉 중에서.

4   앤 라이스, 《뱀파이어와의 인터뷰》(이극동 옮김, 큰나무) 첫 문장.

블러디 마더

1판 1쇄 발행   2024년 10월 29일

지은이   김보현

기획   안전가옥
프로듀서   김보희
           이수인, 이은진, 임미나
퍼블리싱   박혜신, 임수빈
편집   한우주
일러스트   연여인
디자인   강지구
서비스 디자인   김보영
비즈니스   이기훈
경영지원   홍연화

펴낸이   김홍익
펴낸곳   안전가옥
출판등록   제2018-000005호
주소   04779 서울특별시 성동구 뚝섬로1나길 5,
        헤이그라운드 성수 시작점 202호
대표전화   (02) 461-0601
전자우편   marketingsafehouse.kr
홈페이지   safehouse.kr

ISBN   979-11-93024-87-4 (03810)

안전가옥 오리지널

안전가옥 오리지널